Elisabeth Sanxay Holding

Fachada

TRADUÇÃO E POSFÁCIO
Stephanie Fernandes

© Elisabeth Sanxay Holding, 2021

1ª Edição

TRADUÇÃO
Stephanie Fernandes

PREPARAÇÃO
Tamara Sender

REVISÃO
Thalita Martins da Silva Milczvski
Pamela P. Cabral da Silva

CAPA
Beatriz Dorea (design)
Mateus Acioli (ilustração)

Impresso no Brasil/*Printed in Brazil*

Todos os direitos reservados à DBA Editora.
Alameda Franca, 1185, cj 31
01422-001 — São Paulo — SP
www.dbaeditora.com.br

Dados Internacionais de Catalogação na Publicação (CIP)
(Câmara Brasileira do Livro, SP, Brasil)

Holding, Elisabeth Sanxay
Fachada / Elisabeth Sanxay Holding.
1. ed. — São Paulo : DBA Editora, 2021.
Título original: The blank wall
ISBN 978-65-5826-021-9
1. Ficção policial e de mistério (Literatura norte-americana) I. Título.

CDD-813.0872

Índices para catálogo sistemático:
1. Ficção policial e de mistério : Literatura norte-americana 813.0872
Cibele Maria Dias - Bibliotecária - CRB-8/9427

Para *L. W.*

UM

Toda noite, Lucia Holley escrevia para o marido, destacado em algum lugar do Pacífico. Eram cartas maçantes, ela sabia. Passavam ao comandante Holley uma imagem de vida pacata e ensolarada, como um lago alpino.

"Querido Tom", começou. "Está caindo um dilúvio agora à noite."

Ela riscou a frase e fitou a janela, por onde a chuva escorria em uma torrente prateada. Não tem por que contar para ele, pensou. Talvez soe muito sombrio. "As flores de açafrão acabaram de desabrochar", escreveu, e se deteve mais uma vez. Já é a terceira primavera em que as plantas dão flor sem que você as veja. E a sua filha, a pequena Bee, que você tanto adora, cresceu em sua ausência. Tom, preciso de você. Tom, estou com medo.

Lucia fingia que tinha perdido o gosto por fumar, era uma de suas mentirinhas. Era muito difícil arrumar cigarro. Ela mal dava conta de manter o pai abastecido. Sentava-se ao seu lado enquanto ele fumava, mas se recusava a acompanhá-lo. Não, pai, obrigada, não me apetecem mais.

E, no entanto, mantinha sempre um estoque escondido no quarto, para ocasiões especiais. Pegou um e acendeu, recostada na cadeira, uma mulher alta, franzina, quase esbelta. No alto de seus quarenta e oito anos, parecia bem mais nova, com um semblante sério e discreto, e lindos olhos escuros. Uma mulher bonita, olhando bem, mas ela própria já tinha quase se esquecido disso, já tinha deixado de lado todo e qualquer resquício de graciosidade.

A casa estava sossegada naquela noite chuvosa. Seu filho, David, tinha dormido cedo, e o velho sr. Harper, seu pai, estava lendo na sala de estar. Sibyl, a empregada, tinha terminado a faxina no cômodo logo acima, e o assoalho não rangia mais.

Bee estava trancada no quarto, rebelada, furiosa. Talvez estivesse chorando. Não estou dando conta, pensou Lucia Holley. Se ao menos eu fosse uma dessas mães sábias, tolerantes e bem-humoradas das peças e dos livros. Mas não estou lidando bem com essa história e não vou tolerar esse homem. Detesto ele.

Se o Tom estivesse aqui, pensou, iria livrar-se desse animal. Se o David fosse mais velho... Ou se meu pai fosse mais jovem... Mas não tenho ninguém. Preciso dar conta sozinha. E estou me saindo mal.

Ela se lembrou, com o coração pesado feito chumbo, da excursão a Nova York, àquele hotel no centro, a espelunca onde vivia Ted Darby. Recordou-se de como tinha se sentido e da roupa que estava usando quando pediu para a recepcionista pálida e presunçosa avisar o sr. Darby de que uma mulher queria vê-lo. Interiorana, com seu velho *blazer* de *tweed*, luvas cinza de algodão e um chapéu *cloche* de feltro, ela já estava em desvantagem. Passava longe de ser a mãe sábia, bem-humorada e cosmopolita que almejava ser.

"O sr. Darby já vai descer", disse a recepcionista.

Lucia se sentou em um banco forrado de veludo verde, no saguão deprimente do hotel, e esperou, e esperou. Em determinado momento, o porteiro uniformizado sentou-se a seu lado, e ela se deu conta de que o banco era para ele e seus colegas de trabalho. Era um senhor de idade, e ela imaginou que talvez ficasse magoado se ela se levantasse e se retirasse às pressas, de modo que ainda estava ali, sentada com ele, quando Ted Darby saiu do elevador.

O homem veio logo na direção dela, a mão estendida.

"Você deve ser a mãe da Bee", disse.

Ela o cumprimentou de volta, um erro. Nunca antes tinha recusado um aperto de mão, agiu sem pensar.

"Que tal conversarmos no bar?", sugeriu ele. "É tranquilo a essa hora."

Era um salão pequeno, um ambiente à meia-luz. Cheirava a cerveja e verniz. Sentaram-se em uma mesa de canto. Ela olhou de soslaio para ele, apreensiva, e ficou em silêncio. Era muito pior do que ela esperava, loiro, magro, sorrisão. Mirrado, pensou ela, o estilo pautado por uma despreocupação teatral, de paletó azul-bebê, camisa azul-escura e mocassim de camurça.

Ela não quis beber, e ele pediu um uísque *rye*, o que lhe concedia mais uma vantagem sobre ela. Estava tranquilo e relaxado, e ela, agoniada.

"Não quero que minha filha o veja mais, sr. Darby", pronunciou-se, enfim.

"Minha senhora, não cabe à Bee decidir?", perguntou ele.

"Não", disse Lucia. "Ela é uma criança. Tem só dezessete anos."

"Vai fazer dezoito mês que vem, se não me engano."

"Não importa, sr. Darby. Se continuar vendo a Beatrice, vou acionar meu advogado."

"Com que pretexto, minha senhora?"

"Até onde sei, você é um homem casado", comentou ela.

"Mas, minha senhora", disse ele, rindo, "o que o seu advogado poderia fazer a respeito? Afinal, não é crime."

"É muito errado."

"Ora, francamente...", protestou ele. "A coitadinha me disse que leva uma vida infeliz, insossa. Ela gosta de sair, conhecer pessoas interessantes, e fico muito feliz em levá-la para dar umas voltas. Ela sabe que estou me divorciando e não vê motivo para me desprezar."

A excursão não só tinha sido inútil, como nociva. Ted contou para Bee, e Bee ficou exasperada.

"Ainda bem que o Ted leva tudo na esportiva e achou graça", ela comentou com a mãe. "Mas eu não vi graça nenhuma. Nunca me senti tão humilhada. Foi a pior coisa que já me aconteceu."

"Bee", disse Lucia, "se você não me prometer que vai deixar de vê-lo, acabou a escola de artes para você!"

"*Não vou* largar a escola e *não vou* prometer nada."

"Bee", disse Lucia, "Bee, minha querida, por que não confia em mim? Estou pensando apenas no que é melhor para você."

"Por que *você* não confia em *mim*?", queixou-se Bee. "Ted é a pessoa mais interessante que já conheci. Anda com tudo quanto é artista, atores, um mundo de gente. Não é como se eu tivesse um *caso sórdido* com ele."

"Sei que não é assim", disse Lucia. "Mas, Bee, você precisa me escutar. Bee... Não tem cabimento uma moça como você andar com esse tipo de homem."

"Ah, *não creio!*", disse Bee. "Você acha que sabe das coisas, mas parou no tempo. Você jamais entenderia alguém como o Ted."

Lucia Holley recorreu, então, a seu último recurso, com muita relutância.

"Bee, se não me prometer que vai deixar de vê-lo, vou cortar seu dinheiro do transporte, a mesada toda."

"Você não seria capaz, seria?", disse Bee, exaltada.

"Não há nada que eu não faria para pôr um fim nessa história", retrucou Lucia.

Era verdade. Uma semana antes, Vera Ridgewood, uma prima, tinha telefonado para ela.

"Lucia, meu anjo, não sei se você sabe, mas sua menina encantadora está de conversinha com um tipo *muito* nefasto. Por duas vezes já os vi juntos no bar Marino's e hoje mesmo entraram num prédio na avenida Madison."

Não quer dizer nada, pensou Lucia, e resolveu conversar com Bee sem grandes dramas.

"Bee, querida, por acaso você anda frequentando bares com um colega da escola de artes?"

"É o Ted Darby", respondeu Bee. "Ele não é da escola de artes. É do teatro."

"Gostaria que você não frequentasse bares com ninguém, Bee."

"Eu não bebo, só *ginger ale*."

"Não gosto de pensar que você anda frequentando bares, querida. Que tal ir numa lanchonete com esse garoto?"

"Ele não é um garoto", disse Bee. "Tem trinta e cinco anos."

Agora, sim, Lucia estava ansiosa.

"Chama ele para vir aqui, Bee."

"Nunca que vou chamar, fazer esse teatrinho...", disse Bee. "Ele também não viria. Chegamos a cogitar uma visita, mas comentei que, se você soubesse que ele era casado, não deixaria ele botar os pés aqui em casa."

Não lhe ensinei as coisas certas, pensou Lucia, ainda contemplando a chuva na janela. Cometi tantos erros com a Bee... desde que era uma menininha. Criticava os amigos dela. Ficava aborrecida quando ela mudava de ideia. Fiz um trabalho muito melhor com o David. Se Tom estivesse aqui, saberia exatamente o que dizer à Bee. Escuta, minha patoquinha... Ela parecia mesmo um filhote de pato, amarelinho, todo eriçado...

Lucia se levantou e se aproximou da janela, inquieta, o coração pesado. A água corria pela vidraça, reluzente, com um aspecto oleoso, e as árvores balançavam de leve. No fim do passeio no quintal, distinguia-se o estranho contorno longilíneo da edícula, com um píer que desembocava na água invisível.

Este lugar é muito solitário, pensou ela. Foi um erro vir para cá. Não há muitos jovens. David não se importa muito, mas se a Bee tivesse conhecido uns garotos legais, talvez não tivesse sido assim. Talvez.

Alguém estava na edícula. Lucia viu uma tênue labareda se acender, inclinar e apagar. De novo, outra labareda, dessa vez mais estável, por alguns segundos. Alguém estava riscando fósforos lá fora. Um mendigo, será?, perguntou-se ela. Um bêbado querendo atear fogo na casa? É melhor eu alertar...

Não, não vou alertar meu pai, nem o David. Não quero que se arrisquem. Eu é que não vou também. Se botarem fogo na edícula, a chuva apagará o incêndio antes de se alastrar até aqui. Contanto que ninguém entre na casa...

Ela resolveu se certificar de que todas as portas estavam trancadas, e as janelas, devidamente fechadas. Ela saiu do quarto, movendo rapidamente seus pés, calçados de pantufa, pelo corredor até as escadas. Dali, pôde ver Bee se esgueirar pelo *hall* da entrada e soltar a corrente da porta. Ela correu até a filha.

"Bee", sussurrou. "Aonde você pensa que vai?"

"Vou sair", respondeu Bee.

Vestia uma capa de chuva translúcida, azul-clara. O cabelo loiro, repartido de lado, pendia nos ombros. Estava com os olhos azuis entrecerrados, e a boca retorcida em escárnio. Era linda e terrível aos olhos de Lucia.

"Está chovendo, Bee. Não quero que você saia."

"Sinto muito, mas eu vou", retrucou Bee.

Já estava mais do que decidido.

"Não", disse Lucia. "Está proibida."

Bee virou a maçaneta e Lucia a segurou pelo pulso.

"Bee, não me diga que vai se encontrar com aquele homem..."

"Vou, sim. Vou me encontrar com o Ted", anunciou Bee. "Você não me deixa mais ir para Nova York, então chamei ele aqui. Devo explicações a ele... É o mínimo!"

"Mas o que é isso? O que está acontecendo?", bradou o velho sr. Harper da sala de estar.

Ninguém respondeu. Ele ficou ali parado, empertigado feito soldado, com seu bigode branco e olhos azulíssimos, um livro aberto em mãos.

"O que está acontecendo?", repetiu.

"A mamãe não quer me deixar sair", disse Bee.

"Sua mãe tem razão, Beatrice. Já é tarde, e está caindo um pé d'água."

"Mas, vô", disse Bee. "É uma ocasião especial, a mamãe sabe."

Lucia logo entendeu a tática da filha. Contava com a profunda complacência do avô, na expectativa de usá-la contra a mãe.

"Siga o conselho da sua mãe, Beatrice", disse ele. "É o melhor a se fazer."

"Não é, *não*! Ela não entende nada. Não confia em mim. Acha que sou uma espécie de delinquente juvenil."

"Ora, por favor!", disse o sr. Harper.

"Ela acha, juro! O Ted veio até aqui me ver."

"Um homem?", indagou o sr. Harper. "Onde ele está?"

"Na edícula. Quero conversar com ele rapidinho."

"Sua mãe tem toda a razão, Beatrice. Se quiser ver o sujeito, convide-o para entrar."

"Ele não entraria, não depois do jeito que a mamãe o tratou."

"Beatrice, se a sua mãe não aprova o sujeito, é por um bom motivo, pode ter certeza."

"Não!", gritou Bee. "Eu chamei ele aqui e vou ver ele, sim. É rapidinho!"

"Sinto muito, mas não vai, não, querida."

Ah, Bee, minha querida! Não fique assim!, lamentou Lucia, do fundo do seu coração. Até parece que somos inimigas... Sob a luminária, o cabelo claro da menina brilhava, a capa de chuva azul cintilava. Tão linda, tão delicada, tão desesperada!

"Quer dizer que", ensaiou Bee, devagar, "você e a mamãe me impediriam à força de fazer o que acho certo?"

"Não vai chegar a esse ponto, querida", disse ele. "Você vai ser uma menina sensata e não vai aborrecer a sua mãe. Você sabe que ela só está pensando no seu..."

"Ah, não me venha com essa!", respondeu Bee, batendo o pé. "Eu *não* vou... Não vou..."

Ela desatou a chorar. Chacoalhou a cabeça como se as lágrimas estivessem ardendo, virou as costas e subiu correndo. Bateu a porta.

Espero que o David não acorde, pensou Lucia. Não quero que fique sabendo dessa história.

"Bem, agora...", disse seu pai. Ele pousou a mão no ombro de Lucia, e ela foi tomada por uma profunda sensação de conforto. "Você tem um bom livro para ler, Lucia?"

"Estou escrevendo para o Tom, pai."

"Trate de terminar logo essa carta, então, querida", disse ele. "Vou ficar aqui embaixo, de olho."

Ela entendeu o recado. Ele permaneceria na sala, de onde poderia vigiar a escada a noite toda, se fosse preciso. Confiava nele tanto quanto confiava nos próprios sentimentos. Confiava até nos pensamentos dele. Ele não julgaria mal aquela pobre criança raivosa e imprudente.

Ela deu um beijo na bochecha dele. "Boa noite, pai", disse, e se retirou para o quarto.

QUERIDO TOM,
David pediu para eu mandar algumas fotos que ele tirou da casa, para você ter uma ideia de como é. É mesmo muito agradável aqui. Só a horta que não vingou. O solo está muito arenoso. Está dando tomates, pelo menos...

A letra dela era pequena e elegante. Levava muitas palavras para preencher uma folha. Sou tão *lerda*, pensou. Tão tola. Fiz um péssimo trabalho com a Bee.

Já não ventava mais, a chuva caía em linha reta, tamborilando no telhado. Uma porta se fechou. É a porta da frente!, pensou ela. Ted entrou na casa!

Ela saiu do quarto às pressas e, do topo da escada, viu o pai tirando o sobretudo. Correu lá para baixo.

"Fui dar uma olhada na edícula, querida", disse ele. "Tive umas palavrinhas com o sujeito. Um tipo desagradável, ouso dizer. Gosta de dar dor de cabeça. Quando mandei deixar o recinto, ele se recusou. Mas dei um jeito nele. Para falar a verdade, eu o empurrei na água."

Ele estava contente.

"Não tem mais do que um metro e meio de profundidade", comentou. "Nem uma criança se afogaria. Não vai fazer mal. Vai é ensinar a ele uma boa lição. É bom para esfriar a cabeça."

Ele deu uns tapinhas no ombro dela.

"Pois é...", acrescentou. "Mostrei para o sujeito o que é bom para a tosse!"

DOIS

Acordar cedinho era sempre um deleite para Lucia Holley. Proporcionava a ela uma sensação única de liberdade e privacidade. Podia fazer o que bem entendesse enquanto os demais ainda dormiam.

Dessa vez acordou às cinco. Passou um tempinho deitada, de coração pesado por Bee, mas estava cheia de vida e energia e precisava se mexer. Levantou-se e vestiu um maiô preto de lã e uma touca branca de borracha. Pegou sua sandália de juta e desceu a escada descalça. David fazia um escarcéu quando ela nadava sozinha.

"Ninguém que respeita o mar faria uma coisa dessas", advertia, com severidade.

"Eu *respeito* o mar", dizia ela. "Nado desde pequenininha."

"Mesmo assim, onde já se viu, nadar sozinha assim? A água fica um gelo no começo de maio, ainda por cima. Preferiria que você *não* fizesse isso."

Ela se sentia mal por fazer qualquer coisa que aborrecesse David. Mas ele nunca levanta antes das sete e meia ou oito, pensou, e a essa hora já estarei seca e vestida. Ele não vai ficar sabendo, e a manhã está tão convidativa!

Destrancou a porta da frente, saiu, sentou-se nos degraus da entrada e colocou a sandália. Era uma manhã cinzenta, mas o tempo estava fresco e promissor, não ameaçava chover. Vou remar um pouco, pensou. E imaginou que, nadando nas águas acinzentadas, sob aquele céu brando, pensaria em um jeito melhor de conversar com Bee.

Algo que eu possa oferecer a ela..., ponderou. Se eu tirar a coitadinha da escola de artes, o que será dela? Preciso socializar. Fazer contatos por aqui, pelo bem da Bee. Mas sou péssima nisso. É difícil sem o Tom.

Ela se casou aos dezoito anos, nunca tinha ido a parte alguma sem Tom, nem sequer tinha pensado numa coisa dessas. E, antes do casamento, morava com a mãe e o pai, levava uma vidinha pacata e feliz, quase sem sair de casa. Por natureza, era simpática e pouco exigente, e não tinha muito a dizer sobre si. Não tinha talento para a vida social, não almejava ter.

Mas não é esse o caminho, pensou ela. Com uma filha da idade da Bee, é meu *dever* agir. Quem sabe não convenço meu pai a passear comigo pelo bairro e conhecer os vizinhos? Quem sabe ele não vira sócio do Iate Clube?

A edícula, uma casa-píer, era uma construção esquisita, um longo túnel de madeira sobre um dique de cimento, onde os barcos ficavam atracados. Ainda tinha um anexo, sobre a terra firme, e uma pequena cabana de dois andares com uma varanda. Perfeita para um chofer ou um casal, anunciara o corretor, mas Lucia não contava com nenhum chofer ou casal trabalhando para ela, apenas Sibyl, que não fazia questão de morar ali.

As paredes de madeira do túnel desembocavam em uma rampa ao ar livre. Ela desceu a rampa, pela penumbra em que o barco a remo, a canoa e a lancha se encontravam, amarrados a cabeços de ferro. Estavam todos com as cordas estiradas, levados pela maré baixa, e ela puxou o barco a remo. O barco parecia se aproximar com relutância, e assim que ela pôs o pé lá dentro, avistou o corpo.

Era um homem, de bruços no piso da lancha, em uma posição estranha e tenebrosa, as pernas esparramadas em cima do banco, a cabeça e os ombros escorados por algum objeto. O rosto estava virado, mas por algum motivo, talvez o formato da cabeça, ela tinha quase certeza de que era Ted Darby. E tinha quase certeza de que estava morto.

Não bastava ter quase certeza. Ela entrou na lancha para ver, e era mesmo Ted Darby e estava morto. Tinha caído em cima de uma âncora reserva, que perfurara sua garganta, com as pernas escoradas no banco.

Foi meu pai, pensou ela.

Ficou ali parada, altiva, com as pernas compridas afastadas para manter o equilíbrio na lancha, que balançava suavemente. Vai dar polícia, pensou. Meu pai vai ficar sabendo que fez isso. A polícia vai investigar o que o Ted veio fazer aqui, e vai sobrar para a Bee. E não vou conseguir esconder do Tom. Sem chance. Vai sair nos tabloides.

Vai ser um pesadelo, pensou ela. Para a coitadinha da Bee. Para o Tom. Para o David. Mas, pior de tudo, para o meu pai. Ele vai virar réu. Vai ser condenado. E vai ficar em choque, devastado.

Se eu tivesse como me livrar do Ted, pensou ela, eu me livraria. Se ao menos houvesse um jeito de salvar todos nós...

Eu dou conta, pensou ela, só preciso tirá-lo de cima da âncora.

Ainda que oscilante, com o balanço do barco, ela sabia que conseguiria tirá-lo dali. Tinha a engenhosidade de uma mãe, a mulher doméstica, acostumada com emergências. Vivia lidando com acidentes, doenças repentinas, surtos. Fazia anos que tomava as rédeas em momentos emergenciais. Tinha a força física necessária para o trabalho. O que lhe faltava era força de espírito. Não tenho *coragem* de encostar nele, pensou.

Bobagem, disse a si mesma. Eu achava que jamais seria capaz de matar o velho Tigre com o gás do escapamento. Mas matei. Quando a lavadeira teve um ataque de nervos, estávamos a sós na casa e lidei com a situação. Quando o David caiu da escada, no porão, e ficou estirado com os olhos inundados de sangue... Não, eu consigo.

Foi muito difícil. O corpo já estava ficando rijo. Foi um tormento. Quando conseguiu por fim deitá-lo no chão, a respiração de Lucia parecia choro. Ela tirou uma lona de um armário e cobriu-o, então desatracou a lancha e deu a partida.

Fez-se um barulho tremendo, aterrador naquele espaço fechado, na mansidão da alvorada. A lancha estava dando trabalho. O motor pegou e morreu e pegou de novo. Bang, *bang*, tut-tut-tut. *Bang*. Vão me ouvir de dentro de casa e vão vir aqui, pensou. Mesmo quando já estava zarpando, o ruído era atroz.

Ela manobrou pela estreita enseada entre os corais até desembocar em mar aberto, um domínio cinzento, suave e tranquilo. Não havia nenhum outro barco à vista. Ela estava decidida, iria levá-lo à ilha Simm. Já tinha pensado no lugar perfeito. No lado da ilha voltado para o continente, havia uma fileira de bangalôs desbotados, todos vazios, até onde ela sabia. Melhor não beirar essa encosta, pensou.

Tinha feito um piquenique com David e Bee ali uma semana antes. Procuraram um ponto agradável.

Agora ela buscava um lugar semiesquecido, tão longe de ser agradável que ninguém ousaria frequentar. Seria terrível se uma criança o encontrasse, pensou ela.

Era ali, uma faixa estreita de areia, com uma extensão de charco logo adiante, onde os juncos altos chacoalhavam ao vento. Ela desligou o motor e soltou a âncora. Respirou fundo e se pôs a trabalhar.

Ted era um homem franzino, mas, mesmo assim, foi difícil tirá-lo da lancha. Ela o pegou pelas axilas e o arrastou charco adentro, por entre os juncos. Estava horroroso, grotesco, com os braços e as pernas desconjuntados. Ela tentou endireitá-lo, em vão, e desatou a chorar. Ele jazia estirado, fitando o céu.

Não posso largá-lo assim, pensou ela. No bolso de seu roupão atoalhado, havia um grande lenço azul, que ela usou para enxugar as lágrimas e cobrir o rosto dele. Mas logo voou com a brisa. Não havia pedras para ancorar o lenço. Lucia se ajoelhou ao lado do corpo, ainda aos prantos. Então, com seus fortes dentes afiados, rasgou as pontas do lenço e amarrou-o a dois juncos, em diagonal, estendido sobre o rosto dele.

Melhor que nada, pensou, e retornou ao barco. A lancha pegou de primeira dessa vez. Quando já estava em mar aberto, ela desligou o motor mais uma vez e limpou o piso com um pano gorduroso. Havia pouquíssimo sangue. Espero que tenha sido rápido, pensou. Espero que não tenha ficado muito tempo... sozinho...

Ela fechou o roupão com um nó na cintura e desdobrou as lapelas, porque o vento ficou frio de repente. Deu a partida e tomou o caminho para casa. Pronto, disse a si mesma. Vou tirar isso da cabeça. De repente, pensou no lenço. Bem, ninguém seria capaz de identificá-lo, ponderou. Era dessas lojinhas de cacarecos, de tudo a dez centavos. Deve haver milhares e milhares de lenços iguaizinhos por aí. Impressões digitais? Acho que não conseguem colher impressões digitais em tecidos. E também posso alegar que deixei o lenço na ilha no dia do piquenique.

De qualquer forma, não há nada que eu possa fazer. Agora já foi. Não vou ficar remoendo. Não vou pensar nisso.

Já perto do píer, sentiu uma pontada de desespero ao avistar David à sua espera, magro e curvado, vestindo um calção de banho azul e uma jaqueta corta-vento cáqui. Mas logo se recompôs. É melhor começar o dia com o pé direito, pensou.

"Oi, David", disse ela, alegre.

"Oi", disse ele, sem sorrir.

Enquanto a lancha ainda entrava no túnel, ele correu para a rampa, para ajudá-la a desembarcar.

"Não acreditei quando ouvi o barulho do motor. Achei que estavam roubando a lancha, desci o mais rápido que pude e vi você se afastar."

"Gosto de aproveitar a manhã", comentou ela.

"Sem problemas", disse David. "Mas por que você não pegou o barco a remo, como costuma fazer?"

"Ah, pensei em andar de lancha para variar um pouco."

"Bem, que não se repita. É perigoso. Você não entende nada de motor! Se a lancha morresse ou mesmo tossisse, você não teria a quem recorrer."

"Não fui muito longe."

"Estou pedindo, que não se repita. É, no mínimo, excêntrico, para começo de conversa."

"Não há nada de errado em ser excêntrica de vez em quando."

"Eu, pessoalmente, não gostaria que meus conhecidos vissem você perambulando por aí de lancha às cinco e meia da manhã."

David puxou a meu pai, pensou Lucia. Mas se parece com o Tom, com seus cílios ruivos cheios e seus belos olhos verdes. Tem só quinze anos. Uma criança. Mas em três anos... Se a guerra se prolongar por mais três anos...

Era uma perspectiva que a assombrava, dilacerava seu coração. Ela envolveu os ombros magros dele em seus braços.

"Tenho certeza de que nenhum amigo seu me viu, querido. Mas não vou fazer mais isso, se o preocupa tanto assim."

"Acho bom", disse ele.

"Vamos entrar e tomar café!"

"Sibyl ainda não deve ter descido."

"Eu me viro", disse Lucia.

Ela o soltou e os dois entraram em casa lado a lado.

"O que é que a Bee tem?'", indagou ele.

"Como assim, David?"

"Você deve ter percebido", comentou ele. "Imagino que esteja fazendo drama. Ela vive de drama. Mas dá para ver que anda incomodada com alguma coisa."

"Ela não conversa com você, David? Vocês costumavam falar de tudo."

"Não dou muita corda", disse David.

"Faz bem para as pessoas, desabafar..."

"Mas não me faz bem ouvir", disse ele, com uma veemência

inesperada. "Não gosto quando as pessoas ficam melosas e sentimentais. Nunca me envolvi com essas coisas, e não vai ser agora que vou me envolver."

    Ele segurou a porta lateral da casa para Lucia, que entrou na cozinha, a cozinha impecável de Sibyl. O sol estava despontando entre as nuvens, uma réstia iluminava o piso verde e branco de linóleo. Era um prazer e tanto preparar o café da manhã para David.

TRÊS

"Podíamos esperar até amanhã", disse Sibyl. "Mas hoje é dia do rapaz do frango."

"Vou chamar um táxi para você, então", disse Lucia.

"Acho melhor ir a senhora", sugeriu Sibyl, uma mulher alta e corpulenta, o semblante impassível. Conversavam junto à mesa da cozinha.

"Você negocia muito melhor que eu", comentou Lucia.

"É meu trabalho", disse Sibyl, em voz baixa. "Mas o rapaz do frango não gosta de negros. Não tem o menor pudor de admitir."

"Ele disse alguma coisa para você, Sibyl?"

"Disse, sim, senhora."

"Não compro mais dele."

"Frango é só com ele", disse Sibyl.

"Nesse caso passaremos o verão sem frango."

Sibyl abriu um sorriso afável, de imensa ternura.

"Não, senhora", disse. "Se a senhora for, pode comprar dois frangos inteiros, que cozinho no sábado, e domingo faço uma salada de frango. Vou preparar a lista."

Fazia oito anos que estavam juntas, dia após dia, em perfeita harmonia. Sibyl sabia que Lucia não era a dona de casa sensata e parcimoniosa que a família via nela. Lembrava-se das coisas que Lucia esquecia, encontrava as coisas que Lucia perdia, preenchia a lacuna de sua desatenção, aconselhava-a, alertava-a. Já tinha emprestado dinheiro a Lucia, para acobertar um lapso indecente na conta do banco, e ela própria foi à polícia tratar do chofer que Lucia não teve coragem de denunciar.

Ela conhecia Lucia melhor que ninguém. E, no entanto, Lucia não sabia nada da vida de Sibyl. Não sabia sua idade, ou onde tinha nascido, ou quem eram seus familiares, ou seus amigos. Não fazia ideia do paradeiro de Sibyl nas tardes de folga, ou de como ocupava seu tempo. Ela simplesmente confiava em Sibyl sem pestanejar.

"Bem, talvez eu possa ter uma palavrinha com o moço do frango", comentou.

"Não, senhora", disse Sibyl. "Não dá para mudar o mundo."

De onde estava, Lucia podia ver o pai tomando café da manhã na sala de jantar, a gola maleável da camisa azul revelando seu pescoço velho, magro. Vestia o paletó xadrez que tinha comprado em Londres anos antes, seu paletó de estimação, com camadas e mais camadas de forros e remendos. Prefiro um paletó decente como este, ainda que batido, a um desses casacos novos baratos, costumava dizer.

Ele poderia muito bem comprar um novo, um paletó que não fosse barato ou esfarrapado, mas a filha nunca dizia nada. Ele acha que é charme inglês, pensava ela, e por que não haveria de pensar assim, se quisesse?

Que bom que levei o Ted embora, pensou ela. Seja como for, é provável que nem mesmo meu pai saiba o que fez ontem à noite. Dificilmente será vinculado a essa história. Ninguém nunca vai saber.

Ela entrou na sala e deu um beijo no cocuruto branco do pai.

"Pai", disse ela, "acho melhor não comentar com a Bee que você foi ver aquele sujeito ontem à noite."

"Não vi ninguém", disse o sr. Harper.

"Mas, pai...!"

"Estava muito escuro", comentou ele, feliz com a piada. "Não se preocupe, querida. Não vou dizer nada para a Beatrice. E acho que não seremos mais incomodados pelo jovem cavalheiro."

Bee estava descendo. Foi direto para a cozinha.

"Bom dia, mãe", disse. "Bom dia, Sibyl. Meu suco de laranja está na geladeira?"

"Está, sim, srta. Bee."

Bee pegou a jarra com meio litro de suco, uma mistura de laranja e limão, componente indispensável da nova dieta Vitabelle, e seguiu para a sala de jantar.

"Bom dia, vô", disse.

A postura que tinha decidido adotar estava mais do que clara. Fria, polida, distante. Nada de sorrisos para os opressores.

"Vai para a escola hoje?", perguntou Harper, surpreso por vê-la de jardineira azul e camisa branca.

"Fui proibida de ir", respondeu Bee, com todas as letras.

"Ah... Entendi", disse ele. "Há tantas paisagens bonitas por aqui... Você poderia pintá-las."

Ela abriu um sorriso que Lucia, observando tudo da cozinha, detestava. Era uma criança encantadora, com seu cabelo loiro e sedoso, a pele suave, os traços delicados, mas passava o batom vermelho com um contorno quadrado, e quando sorria assim, com os lábios ligeiramente entreabertos, e apertava os olhos, beirava a feiura.

Não é possível que tenha se afeiçoado tanto a um homem como o Ted, pensou Lucia. Vai ficar arrasada quando souber que ele morreu, sem dúvida, mas vai superar. É *tão* novinha. Coitada da Bee... Preciso tomar uma atitude e socializar, encontrar uns amigos para ela. E não há motivo para mantê-la afastada da escola de artes, mas não posso dizer nada. E se eu simplesmente disser que mudei de ideia? Ou será melhor esperar até o Ted estampar as manchetes dos jornais?

Ela chamou um táxi por telefone e colocou uma roupa adequada para o centro da cidade, um vestido xadrez, azul e branco, um cinto azul, sandálias azuis e um amplo chapéu de palha, preto. Sibyl lhe entregou a lista quando chegou o táxi, e assim ela partiu, com sua grande sacola verde de brim.

Hoje à tarde, vou dizer para a Bee que mudei de ideia, pensou. E que ela pode voltar para a escola amanhã. Talvez ainda leve um tempo para o Ted sair nos jornais, e não faz sentido mantê-la dentro de casa, coitadinha. Será que vai se importar muito quando ficar sabendo? Difícil entender como ela foi se afeiçoar, ainda que minimamente, a um sujeito como ele. Tão chulo e debochado...

Foi uma manhã frustrante. O rapaz do frango lhe vendeu apenas uma peça, e pequena, ainda por cima. Não havia margarina, não havia açúcar. A marca específica de sabão em flocos que Sibyl tinha pedido estava em falta. As únicas batatas que encontrou estavam passadas, com brotos. Os únicos cigarros eram genéricos.

Ela não achou a pasta de dente que o pai queria, tampouco as revistas que David tinha pedido. Os sapatos de Bee, que o sapateiro prometera arrumar até a semana anterior, permaneciam intactos em uma prateleira da oficina. Lucia seguiu de venda em venda, a sacola cada vez mais pesada. Estava vermelha e exausta de calor, mas mantinha a postura sisuda. Aguardava pacientemente nas filas, entabulava conversa com as outras donas de casa, zelava por seus cupons de racionamento.

Quando conseguia alguma mercadoria, embrulhava em um saco de papel pardo antes de guardar na sacola. As pessoas me odiariam no ônibus se me vissem com tudo isso, pensou, e, penando para carregar a sacola, atravessou a avenida principal do centro, rumo à estação do trem, onde estavam parados três táxis.

"Tem que esperar o trem, senhora", disse o primeiro motorista.

Dava para espremer três ou quatro passageiros no carro. Não era do interesse dele levar uma pessoa apenas.

"Se eu levar a senhora até Plattsville", disse o segundo, "volto com o carro vazio. Não compensa."

"Ah, e se eu pagar um valor extra...?", sugeriu Lucia, exausta, morrendo de calor.

"Nesse caso...", disse o motorista. "Eu não deveria fazer isso, mas seria obrigado a cobrar dois dólares e cinquenta da senhora."

Um absurdo. Ela cogitou tentar o terceiro, mas ele perceberia que era a última alternativa e talvez se aproveitasse. Poderia ser pior.

"Está bem", disse, e entrou no táxi.

O trem chegou no mesmo instante e o motorista esperou. Desceu um punhado de gente. Os outros dois táxis encostaram na ala de desembarque e iniciaram suas corridas, e um homem se dirigiu ao táxi de Lucia, sem a menor pressa. Um homem robusto, de terno cinza, com o paletó desabotoado. Caminhava meio de lado, ostentando com orgulho a barriga encorpada.

"Sabe me dizer onde mora a família Holley?", perguntou ao motorista.

"Não", respondeu ele. "O pessoal da bilheteria talvez saiba dizer."

"Vá lá você, rapaz, e veja se consegue descobrir", disse o homem robusto.

Lucia permaneceu sentada em seu canto, fitando-o com uma consternação disparatada. Esses olhos... pensou consigo. Eram olhos muito claros, de cílios alvos e um vazio singular, como se ele fosse cego. É um detetive, pensou ela, e está aqui para saber do Ted.

"Já estou com uma passageira", disse o motorista, "mas logo voltam os outros táxis."

"Trate de descobrir para mim onde moram os Holley, rapaz", disse o homem robusto, em um tom monótono e indiferente, e Lucia ficou ainda mais consternada quando viu que o jovem motorista, embora pouco prestativo, dispôs-se a atender o pedido. Qualquer um faria o que aquele homem estava mandando.

"É justamente para onde estou indo", disse ela.

O homem robusto lançou-lhe um olhar inquisitivo, mediu-a da cabeça aos pés.

"Mas a senhora disse para irmos para a casa dos Maxwell", reclamou o motorista, surpreso e irritado.

"Eu sei", disse Lucia. "É alugada."

O homem robusto abriu a porta do táxi e entrou. Sentou-se ao lado de Lucia com as pernas abertas, tomando boa parte do espaço.

"Vamos, rapaz", ordenou.

É um desses detetives terríveis que vemos nos filmes, pensou Lucia. Um homem... a palavra brotou em sua mente. Um homem perverso. Não vai poupar meu pai.

"Seu sobrenome é Holley?", inquiriu ele.

"É, sim."

"Você tem uma irmã ou uma filha chamada Beatrice?"

"Tenho, sim."

"É com ela que quero falar", disse ele.

"Bem... Do que se trata?"

"Assunto particular. Vou resolver com ela."

"Não se depender de mim", disse Lucia. "Sou a mãe dela. Pode tratar comigo."

"Foi ela que eu vim ver", disse ele. "Beatrice Holley."

"Pode se adiantar comigo já. Ela vai me contar depois, de qualquer jeito."

"Você acha?"

"Tenho certeza. Prefiro que não fale com ela. Se puder falar comigo no lugar, por favor..."

"É com Beatrice Holley que quero falar", reiterou ele.

Lucia foi tomada por uma espécie de pânico. Ele vai contar para a Bee que o Ted foi encontrado, pensou. Só pode ser isso. O que mais o traria aqui? Ele vai fazer perguntas e mais perguntas, e os detalhes do depoimento dela vão sair no jornal. Não posso deixá-la a sós com esse homem.

"Minha filha é menor de idade", disse Lucia. "Sinto muito, mas não posso permitir que a veja."

Ele se voltou para ela, os cílios claros tremulavam. Então desviou o olhar.

"Assim não vai dar", disse ele.

A ideia de sujeitar Bee a um interrogatório era insuportável.

"Vou acionar meu advogado", disse Lucia.

Ele não se deu ao trabalho de responder, apenas repousou a papada no peito, olhando para o nada, imerso em seus pensamentos. Lucia definitivamente não lhe interessava.

A casa despontava no horizonte. David estava caminhando no jardim, pelo gramado coberto de erva daninha. Quando viu o táxi, parou e esperou.

"Quanto ficou?", perguntou o homem robusto.

"Um dólar", disse o motorista, e o homem robusto lhe deu um dólar, sem gorjeta. Ele abriu a porta e saiu do táxi sem olhar para Lucia. Antes mesmo que Lucia pudesse tirar um dólar da carteira para pagar sua parte, ele já estava puxando assunto com David.

"Fechamos a corrida em dois e cinquenta", lembrou o motorista.

Ela completou o valor com mais cinquenta centavos e desceu do táxi com suas duas sacolas. O homem robusto aguardava na entrada.

"Você só vai falar com a minha filha se eu estiver junto", disse ela.

Ele não respondeu. Ela ficou ali parada com as sacolas, completamente perdida, mas determinada a fazer de tudo para proteger Bee. A porta da casa se abriu e Bee apareceu. Olhou para os dois, estranhando a cena no jardim, e desceu os degraus da entrada em um pulo.

"Pois não?", disse.

"Beatrice Holley?"

"Bee...", ensaiou Lucia. "Não!"

"É coisa da escola, mãe. Nada de mais", disse Bee.

"Não é, não!", disse Lucia.

"Não é", reiterou o homem. "Foi o que eu disse para o garoto. Para facilitar. Quero saber do meu amigo Ted Darby."

"Está bem... Quem é você?", indagou Bee.

"Eu me chamo Nagle."

"Certo... E o que você quer saber?"

"Bee!", disse Lucia. "Não!"

Ele não é detetive, pensou ela. Ele é — não sei — um vigarista, talvez um gângster, algo terrível.

"Ted saiu para se encontrar com você ontem à noite", disse Nagle.

"E daí?", disse Bee.

"Ele não voltou para casa."

A declaração soou estarrecedora para Lucia. Mas Bee não se alarmou.

"Não voltou para o hotel, você quer dizer? Provavelmente foi visitar alguém. Ele tem muitos amigos."

"Ele comentou com você que iria visitar alguém?"

"Minha filha não o viu ontem à noite", disse Lucia.

"Você o viu?"

"Não. Ninguém o viu."

"Está me dizendo que ele não veio aqui?"

"Não sei se ele veio ou não veio. Só estou dizendo que nenhuma de nós o viu."

Ele se voltou para Bee.

"Você chamou ele aqui. Pediu para ele vir aqui ontem à noite. E então?"

"E então o quê?", retrucou Bee. "Você não tem o direito de vir aqui e me encher de perguntas."

Ela não tinha nem um pouco de medo de Nagle. Encarava diretamente os olhos claros dele.

"Por que vocês não se viram?", indagou Nagle.

"Não é da sua conta", disse ela. "Entra, mãe. Vamos..."

"Espera!", disse Nagle. "Não é tão simples assim. Quero que me conte tudo o que sabe sobre meu caro amigo Ted Darby. O nome de todos os conhecidos que ele mencionou a você..."

"Não tenho nada para contar", disse Bee. "Quando ele voltar, pergunta você para ele."

"Se você sabe onde ele está", insistiu Nagle, "é melhor me contar."

"Deixe que eu cuido das compras", ecoou a voz de Sibyl atrás de Lucia.

Ela pegou as sacolas e saiu andando, com seu porte aprumado e imponente.

"Não tenho nada a dizer", pontuou Bee.

"Pena", disse Nagle. "Sinto muito pelo Ted."

"O que você quer dizer com isso?", indagou Bee. "É uma ameaça?"

"Eu faço as perguntas", disse Nagle. "Não estou aqui para responder nada."

"Nem eu", retorquiu Bee.

Ela é... durona, pensou Lucia, admirada. Aquela menina esbelta de calça social e cabelo loiro na altura dos ombros, aquela criança que nunca tinha saído de casa e vivia protegida, rodeada de amor, agora falava como uma mocinha valente, saída de um filme, e parecia mesmo personagem de cinema, com os olhos semicerrados e os finos lábios cheios de desdém.

"Então é assim...", disse Nagle, e foi embora.

Lucia permaneceu ali parada, vendo o homem se afastar, com o seu coração carregado de pavor e desalento. Ele vai voltar, pensou. É só o começo...

QUATRO

"Querido Tom", escreveu Lucia, "fiquei muito contente hoje quando recebi a carta que você mandou por vias expressas, ainda mais por contar detalhes da sua vida, dos seus amigos e da sua tropa. Parecem trazer você mais para perto, Tom."

Na verdade, não era bem assim. Não tenho uma imaginação muito fértil, pensou ela, pesarosa. Não consigo visualizar o Tom como oficial da Marinha. Quando penso no Tom, penso em como ele era antes de partir, há mais de dois anos. Não deve ser mais o mesmo. Não. Está mudado, e eu sou a mesma de sempre.

Ela continuou escrevendo sua carta de amor, intensa e maçante. Ainda bem que o Tom não espera muito de mim, pensou. Ele sabe como eu sou. Quando se conheceram, ela tinha dezessete anos e ainda estava na escola, uma aluna dedicada, embora jamais se destacasse, jamais liderasse nada. Gostava de todo mundo e não se interessava por ninguém. Você é a garota mais difícil do mundo de fazer amor, Tom disse uma vez. Boazinha demais.

Quando ela completou dezoito anos, casaram-se. Quando tinha dezenove, nasceu Bee, e foi isso. Sua vida era uma série de desilusões. Frustrara-se na escola por não ter se destacado, frustrara-se no casamento por não ter se tornado a dona de casa perfeita e frustrara-se, acima de tudo, com a mãe que deseja tanto ter sido. Na escola dos filhos, sentia-se particularmente inapta entre as mães. Simplesmente não faço jus, pensou.

Não sei lidar com as coisas. Aquele Nagle... Bee não teve o menor medo dele. E eu morri de medo. Ainda estou com medo. E se ele comentar com a polícia que o Ted planejava vir aqui? Bem, vou dizer que não veio. Agora, se começarem a fazer perguntas para o meu pai... Tenho certeza de que ele nunca ouviu o nome do Ted. Mas diria, sim, veio um sujeito aqui, e mostrei para ele o que é bom para a tosse.

Se meu pai soubesse que matou o Ted, contaria para a polícia imediatamente. Ele é assim. Sei que contaria. Querida, estou sempre disposto a aceitar as consequências dos meus atos. Sejam quais forem. E então, claro, vai sobrar para a Bee. E o Tom precisaria ficar sabendo. Por que não consigo cuidar da minha própria filha?

Deitada em seu quarto, no escuro, Lucia foi tomada pelo impulso de *fazer alguma coisa*. Mas logo conseguiu domar o desespero. Não se aflija, disse a si mesma. Um dia depois do outro. Um problema de cada vez.

Ela se levantou e acendeu um cigarro. Quando terminou, apagou-o com cuidado e fechou os olhos. Vou acordar às cinco, disse a si mesma.

E assim fez, em uma manhã de chuva e ventania. Adoraria nadar nesse tempo, pensou, mas o David ficaria muito preocupado. Não... Vou fazer uma caminhada, sem chamar atenção de ninguém.

Estava cismada, achava que precisava montar guarda, que precisava proteger a casa. Vestiu uma antiga saia azul de flanela, um suéter preto e um par de tênis. Amarrou uma echarpe branca no cabelo e se esgueirou pela escada, então saiu de casa de fininho.

Debaixo de chuva, fustigada pelo vento, esqueceu-se de seus medos e apuros. Desceu e subiu a rua como se estivesse patrulhando, a saia emplastrada em suas pernas compridas, o rosto moreno encharcado e radiante.

"Você está parecendo uma cigana", brincou o pai quando ela entrou em casa.

Seguiu-se a rotina matinal. Chegou o jornal e não dizia nada sobre Ted. O sr. Harper saiu para fazer sua caminhada. David saiu de lancha para encontrar uns amigos que tinha acabado de conhecer, Bee estava trancada no quarto. E Lucia tratou de resolver as tarefas marcadas para a quinta-feira. Tirou a roupa das camas, listou o que precisava mandar para a lavanderia. Limpou e espanou a sala de estar e o banheiro que dividia com Bee. O avental azul de algodão conferia a ela ares de eficiência e seriedade. Ninguém diria que era Sibyl quem arrumava tudo.

Antes do almoço, ela bateu à porta de Bee.

"Entra!", disse Bee.

Estava desenhando em uma mesa, à beira da janela, de macacão curto, listrado, em tons pastéis, o cabelo sedoso preso em um rabo de cavalo.

"Bee", ensaiou Lucia. "Andei pensando... Não aguento vê-la afastada da escola de artes. Que tal voltar às aulas amanhã, querida? Confio em..."

"Se acha que vai me impedir de ver o Ted dizendo que 'confia' em mim, está enganada."

"Bee, não precisa ser tão hostil. Pelo menos não comigo."

"Mãe", disse Bee, e ficou um tempo em silêncio. "Sei que você me ama e acha que está fazendo o melhor por mim. Mas não concordo com você em nada."

"Ah, Bee! Você é que pensa!"

"Ted não está me fazendo de boba. Sei que ele não é do nosso círculo. O papai também não simpatizaria com ele. Mas quero conhecer todo tipo de gente. Quero conhecer o mundo. Prefiro *morrer* a levar uma vidinha como a sua."

"Bee!", exclamou Lucia, perplexa. Estava em choque. "Tenho tudo o que vale a pena ter neste mundo."

"Eu acho a sua vida *terrível*", disse Bee. "Prefiro..."

"O almoço está na mesa!", David anunciou do corredor, e Bee prontamente se pôs de pé.

"Desculpa, mãe", lamentou ela, a sério. "Mas não sou como você. Não pretendo levar uma vida como a sua. Se é que podemos chamar de vida... Casar aos dezoito anos, assim que sair da escola. Sem nunca ver ou fazer nada. Sem aventura, sem cor. Imagino que você goste de se sentir segura. Bem, *eu* não quero me sentir segura."

"Vem, mãe!", chamou David.

Ele ficava aborrecido quando Lucia tinha conversas particulares com sua irmã. Por opção, procurava nunca ter conversas particulares. Estava sempre disposto a conversar com quem quer que fosse sobre o que quer que fosse. Quando o clérigo fez uma visita, ele se prontificou a debater religião com tanto afinco, que Lucia teve dificuldades para encerrar a discussão.

À mesa, debatia a ofensiva militar no Pacífico com o avô enquanto Bee permanecia em silêncio, entediada, sem o menor interesse no assunto. Acho ele tão inteligente, Lucia disse a si mesma. Gosto de como os homens falam.

Quando estavam prestes a levantar da mesa, Sibyl surgiu à porta.

"A geladeira pifou de novo, senhora", disse em um tom monótono.

"Não sei o que vocês tanto fazem com essa geladeira", disse o sr. Harper, franzindo o cenho.

A regra da casa ditava que, quando a geladeira enguiçava, o sr. Harper era o único com aptidão para desligar o gás corretamente. E foi o que ele fez. Era tudo o que dava para fazer. Não era muito habilidoso com as coisas da casa. David, então, era ainda menos qualificado, com sua cândida indiferença.

"Para que se preocupar?", disse ele. "Ninguém tinha geladeira mecânica antigamente, e todo mundo se virava."

"Usavam blocos de gelo", disse Lucia.

"Nada disso", corrigiu David. "Volta e meia o vovô me conta da infância na Inglaterra, de como *nunca* tinham gelo. Quando alguém ficava doente ou precisava de gelo por algum motivo, buscavam na peixaria."

"Bem, lá é outro clima", comentou Lucia.

"Agora mesmo, não passa dos dezoito graus", disse David. "Não dá para dizer que está calor."

E com isso, retirou-se. O sr. Harper já tinha deixado a sala.

"Vou ligar para a empresa", disse Lucia.

"Sim, senhora", aquiesceu Sibyl, com a mesma incredulidade, o mesmo pesar.

A avaria recorrente da geladeira era uma catástrofe que ambas temiam. Lucia se dirigiu ao telefone e a moça de sempre atendeu.

"Holley?", conferiu a moça. "Certo. Vou anotar aqui."

"Quando você acha que o rapaz do conserto vem? Tem alguma previsão?"

"Não faço a menor ideia. Ele segue a ordem das chamadas. Tem que esperar a sua vez."

"Claro", respondeu Lucia, com frieza. "Só queria saber se vocês não têm alguma ideia..."

"Ele vai fazer a visita quando chegar a sua vez", disse a moça. "A empresa não trabalha com favoritismo."

"Que se danem", disse Lucia, mas não em voz alta, e retornou à cozinha. "Eles não têm previsão", comentou com Sibyl. "É melhor fazermos o peixe hoje à noite, não?"

"É melhor mesmo", disse Sibyl. "Eles não vão gostar de comer peixe dois dias seguidos, mas se o rapaz não aparecer hoje à tarde..."

As duas sabiam que ninguém apareceria.

"Bem, contanto que venha antes do fim de semana...", disse Lucia, ficando em silêncio por um instante, ao pensar na geladeira. "Acho que vou tirar um cochilo", acrescentou enfim, acanhada. "Qualquer coisa, é só me chamar."

"Sim, senhora", respondeu Sibyl, complacente. Ela aprovava os cochilos de Lucia.

Mas dessa vez Lucia custou a pegar no sono. Se aquele Nagle voltar, pensou, não quero que a Bee fique a sós com ele. E não quero que meu pai o veja. Nunca, jamais. É melhor ficar acordada, caso aconteça alguma coisa...

No fim das contas, o cansaço falou mais alto. Ela se estirou na cama, o corpo longilíneo em um roupão encolhido, de flanela, as mãos entrelaçadas na nuca.

"Sra. Holley! Senhora!", chamava Sibyl, com insistência.

"Diga", respondeu Lucia, sentando-se.

Sibyl estava ao pé da cama, séria e impassível.

"Tem um homem querendo falar com a senhora", disse.

"Que homem, Sibyl?"

"Ele não quis dar o nome. Só comentou que é assunto particular."

Elas se entreolharam.

"Sibyl... Como ele é?"

Ainda fitavam uma a outra, e nos olhos âmbar e marmorizados de Sibyl despontou uma sombra de perturbação. Era uma mulher reticente. Tinha dificuldade para encontrar palavras e exprimir suas ideias.

"Não parece ser um tipo com quem a senhora andaria", disse.

Nagle, pensou Lucia. Eu sabia que ele voltaria.

"Ele está na entrada", completou Sibyl. "Posso dispensá-lo."

"É melhor eu ver do que se trata", disse Lucia, e se levantou altiva sobre seus finos pés descalços.

"Não precisa, senhora. Eu disse que não sabia se a senhora estava em casa."

"Não. É melhor eu ver do que se trata", repetiu Lucia. "Diga a ele que já vou descer, por favor."

"Deixo ele entrar?", perguntou Sibyl, e seus olhares se encontraram mais uma vez.

"Sim, por favor", disse Lucia.

Era o melhor a fazer. Mandá-lo embora não parecia uma boa ideia. Ela ficou paralisada até ouvir a porta da frente se fechar, então se vestiu de qualquer jeito. Tornou a colocar o vestido xadrez, já amassado. Ele está aqui, disse a si mesma. Está aqui em casa.

Ela desceu para a sala de estar. Mas o homem a sua espera não era Nagle.

"Sra. Holley?", perguntou ele.

Era um homem grande, de ombros largos e cintura estreita, muito bem-vestido, de paletó escuro e uma gravata sóbria, refinada. Era um homem bonito, ou ainda, um homem que poderia ser ou já tinha sido bonito. Tinha um aspecto estranho, no entanto, meio turvo, como um desenho de traços finos, parcialmente apagado. O rosto, de ossatura marcada, denotava cansaço. Os olhos azuis, escuros, pareciam difusos.

"Eu me chamo Donnelly", falou, com uma voz abafada.

"Pois não?", disse Lucia, impassível.

Talvez não seja nada de mais, disse a si mesma. Talvez seja da companhia de seguros. Ou esteja vendendo debêntures de guerra, algo cotidiano assim.

Mas ela achava improvável. Ele vinha de algum outro mundo, o mundo de Ted Darby e Nagle, tão estranho e desconhecido para ela quanto as margens do rio Lete.

"Gostaria de ter uma palavrinha com você", disse ele, e, balançando a cabeça, sinalizou para a porta da sala, atrás dela.

"Bem... Posso saber do que se trata?", inquiriu ela, confrontando-o.

Ele parecia ter asas nos pés, foi logo entrando e fechou a porta.

"Imagino que vá querer essas cartas", disse.

"Que cartas?"

Estavam próximos e frente a frente. Ela o encarava, ainda tentando confrontá-lo, e ele a fitava com indiferença.

"As cartas que sua filha escreveu para Ted Darby", disse ele. "O preço é cinco mil dólares. Dinheiro vivo."

CINCO

Ela sabia que não estava pensando com muita clareza. Por ora ainda não.

"Certo... Sente-se, por favor", disse.

Ele esperou Lucia sentar primeiro, para então puxar uma cadeira e se sentar de frente para ela, com cuidado para não amassar a calça. Era um homem muito arrumado, o cabelo preto penteado junto ao crânio estreito, as grandes mãos bem cuidadas, os sapatos reluzentes. Um homem estranho, terrivelmente indiferente, esperando assim... Um chantagista, pensou ela. Isso é extorsão

"A minha filha...", ensaiou. "Não há nada nessas cartas..."

"Gostaria de ver uma delas?", perguntou ele.

Então tirou uma carteira de couro muito bonita de um bolso interno, pegou um maço de papéis dobrados e folheou-os. Por fim selecionou um e passou para ela.

TED,
Eu não sabia o que era viver até conhecer você. Foi como sentir uma brisa fresca em um quarto abafado. Não sei, Ted. Ainda não sei se quero fazer o que você pediu ontem. Mas

só de você pedir e achar que tenho coragem, fico orgulhosa. Ted, estou pensando. Não sou sentimental, você sabe. Mas é difícil soltar as amarras do passado e contrariar tudo e todos que me trouxeram até aqui.

Vejo você na sexta, Ted. Quem sabe até lá não decido?

BEATRICE

A fonte simples e bonita que Bee tinha escolhido deixava as palavras tão fortes...

"Isso não quer dizer... nada", comentou Lucia. "Ela é uma criança. Não significa... nada."

"Significa, sim", retorquiu ele, e estendeu a mão para que ela lhe devolvesse a carta.

"Não!", disse ela, colocando as mãos atrás das costas. "Eu me recuso. Eu... A polícia vai obrigá-lo a me entregar as cartas."

Ele nem se deu ao trabalho de responder. Apenas se inclinou um pouco para frente, segurando a carteira aberta sobre o joelho. À espera.

"Meu advogado vai cuidar disso", advertiu Lucia. Ela pensou em Albert Hendry, o advogado de Tom, um homem distinto e encantador, ouvindo a história das asneiras desastrosas de Bee.

"Por que não me dá o dinheiro e esquece essa história toda?", sugeriu Donnelly. "Não há nada que você possa fazer."

"Não!", disse Lucia. "Nunca que vou ceder a chantagem! Nunca!"

"Se você não pagar, outra pessoa vai", disse ele.

"Mas quem?"

"Seu pai, talvez?"

"Não!", bradou ela. "Não! Você não pode... Não!"

Ela se deteve. Tentou respirar com calma. Tentou raciocinar. "Onde você arrumou essas cartas?", inquiriu.

"Darby precisou de um empréstimo", disse Donnelly, "e deixou as cartas comigo como garantia, até conseguir me pagar."

"Quer dizer que *ele*...?"

"Ah, sim... Ele pretendia arrancar dinheiro da menina."

O tom dele não era ameaçador. Não tinha nenhum indício de violência. Mas a conivência resoluta dele com aquele plano pérfido, aquela demanda criminosa, soava infinitamente mais alarmante do que violência, e era infinitamente mais difícil de confrontar. O uso da palavra "chantagem" não o incomodava.

"Darby sumiu do mapa", comentou ele, como quem explica uma questão de negócios. "Desapareceu sem dizer nada. E não posso me dar ao luxo de perdoar a dívida."

Ele não sabe o que aconteceu com o Ted, pensou ela. Quando descobrir, vai ser diferente, será? Vai melhorar a situação? Ou piorar? Se *ao menos* eu conseguisse pensar em uma saída.

A chuva tamborilava na janela. A sala parecia apertada, tomada por uma luz cinzenta. Ali estava ela, sentada com aquele homem, um criminoso, tão bem-vestido, tão discreto...

"Preciso de tempo para pensar", disse ela, com frieza.

"Estou de partida para Montreal", comentou ele, como se estivesse explicando-se para ela de novo. "Preciso do dinheiro antes de ir."

"Eu não tenho cinco mil dólares."

"Você vai dar um jeito."

"Não... Não. Quando eu arrumar o dinheiro, vocês vão pedir mais."

"Eu jamais faria isso", disse ele, sem rodeios.

"Não! Não há nada de mais nas cartas. Nada de errado."

"Elas passam uma má impressão", disse ele.

"Você não percebe que...", começou ela, quando a porta se abriu e entrou o sr. Harper.

"Ah", disse ele, "perdão, querida. Eu não sabia... É quase hora do chá. Achei que..."

Donnelly tinha se levantado. Agia como se fosse uma visita bem-educada como qualquer outra, esperando para ser apresentado.

"Pai... Esse é o sr. Donnelly."

"Como vai?", disse o sr. Harper.

Mas não estava satisfeito. Naturalmente, queria saber quem era o sr. Donnelly e o que estava fazendo ali.

"Do escritório do Tom", acrescentou ela, no alto de seu desespero.

"Ah, do escritório do Tom!", disse o sr. Harper, e estendeu a mão. "Prazer em conhecê-lo, senhor. Sente-se! Sente-se!"

Não, não, não!, suplicava Lucia, em seu íntimo.

"O sr. Donnelly já está de saída, pai", comentou ela.

"Não tem um tempinho para uma xícara de chá, Donnelly? Ou um coquetel, talvez?"

"Obrigado, senhor", disse Donnelly, e sentou-se de volta.

"Como andam as coisas no escritório?", indagou o sr. Harper.

"Não sei dizer", respondeu Donnelly. "Deixei o cargo já faz três anos, agora trabalho para o governo."

"Entendi!", disse o sr. Harper. "Lucia, minha querida, você pode pedir para a Sibyl trazer o chá? Ou prefere um uísque com soda, Donnelly?"

"Chá, por favor", disse Donnelly.

Não havia nenhuma sineta na casa para chamar Sibyl. Lucia se levantou e foi até a cozinha. Abriu a porta de vaivém e deparou com Sibyl diante da mesa, sob a janela, fatiando cenouras cruas e dispondo-as em forma de florezinhas, o rosto negro imponente e melancólico, de perfil. Ela se virou assim que ouviu os passos de Lucia.

"Sibyl...", ensaiou Lucia, e não conseguiu dizer mais nada. Estava arrasada, vencida pela catástrofe.

"O que foi, senhora?", perguntou Sibyl, com compaixão no olhar.

"Ele vai ficar...", respondeu Lucia.

"Aquele homem?"

"Sim. Meu pai o convidou para o chá."

Sibyl partilhou do silêncio por um instante.

"A gente faz o melhor que pode", comentou. "Não se aflija, senhora."

"Mas ele está..."

"Eu sei, senhora. Eu sei."

Sibyl se virou para ajeitar as cenouras em cumbuca com gelo.

"Volte para a sala, senhora. Eu levo o chá. Não se aflija. Quem sabe a sorte não está do seu lado? Esperança não faz mal a ninguém."

Esse idioma Lucia entendia. Seu pai e seu marido nunca falavam assim. Mesmo nos dias mais sombrios da guerra, o velho sr. Harper não tinha a menor dúvida de que a Inglaterra sairia vitoriosa. Via a dúvida como um crime de lesa-pátria. Com Tom, era igual. Quando ele partiu, demonstrou o mesmo otimismo resoluto.

"Vai ficar tudo bem comigo", ele havia dito, olhando para Lucia, que não ousava virar o rosto pálido para ele. "É meia batalha vencida, Lucia, ter esperança. Confiar no acaso."

Ela não acreditava nisso. Acreditava que balas e projéteis podiam acertar tanto um homem valente e esperançoso quanto um homem infeliz. Ela não acreditava que os culpados eram sempre punidos, ou os inocentes, poupados. Acreditava, assim como Sibyl, que a vida era imponderável, e que o único escudo contra a injustiça era a coragem.

E coragem ela tinha.

"Está bem, Sibyl", disse, e voltou para a sala.

O velho sr. Harper estava entretido. Falava da Primeira Guerra Mundial com Donnelly, que, a julgar pela conversa, parecia ter estado nela. Na França e na Bélgica, tinha visto alguns dos regimentos ingleses cujos nomes eram gloriosos e quase sagrados para o velho. Donnelly estava longe de ser eloquente, mas suas poucas palavras contentavam o sr. Harper.

"Você já esteve na Inglaterra, Donnelly?"

"Fiquei quase um ano em Liverpool, senhor."

"Ah, Liverpool...", disse o sr. Harper, fazendo pouco caso da cidade, educadamente. "Nunca estive lá. Agora, Londres... Já esteve em Londres, Donnelly?"

"Estive, sim, senhor. É uma bela cidade."

"Imagino que tenha mudado muito."

"E não é para menos", disse Donnelly, sério.

Lucia sentou no sofá e Sibyl lhe trouxe o carrinho. Ela serviu o chá e, quando seu pai se lembrou de incluí-la na conversa, respondeu com prontidão e um sorriso radiante. Se ao menos eu pudesse sair para fazer uma caminhada, pensou, poderia raciocinar. Preciso raciocinar. Preciso achar uma saída. Preciso deixar de ser tão burra e tola.

E então, para coroar o pesadelo, Bee desceu.

"Ah!", exclamou ela, da porta, aparentemente surpresa por ver um desconhecido ali.

No entanto, Lucia reparou que ela estava muito mais arrumada do que de costume para uma tarde qualquer em casa. Vestia uma blusa lima de organdi e uma saia preta, estava de rímel azul e tinha acabado de passar batom.

Vá embora!, implorou Lucia, em seu íntimo. Não entre...

O sr. Harper ficou à espera, mas sua filha seguiu bebendo o chá, cabisbaixa.

"Esse é o sr. Donnelly, Beatrice", disse ele. "Do escritório do seu pai. Minha neta, Donnelly."

Donnelly se levantou.

"Ah... Como vai?", disse Bee, e cumprimentou-o com uma mesura singela.

Ela sentou no sofá, do lado da mãe, e acendeu um cigarro.

"Não quero chá, mãe. Obrigada. Tem suco de uva?"

"Custa muitos selos", comentou Lucia.

"Gostaria de um chá gelado, nesse caso. Pode ser, mãe?"

"Sinto muito, mas estamos sem gelo. A geladeira está quebrada."

"Puxa vida!", disse Bee, rindo.

Queria chamar atenção do desconhecido. David se aborreceria com ela. Lucia ficava de coração partido. Ela viu Donnelly olhar para sua adorável menina, um olhar indecifrável, e então se virar para escutar o velho sr. Harper. Uma rebelião acirrada, desesperada, deflagrava-se dentro dela.

Fui eu que o deixei entrar, pensou. E aqui está ele, com as cartas da Bee no bolso. Tentando me extorquir. Vou recuperar as cartas. Vou dar um jeito.

Donnelly se levantou.

"Já deu minha hora, mas estarei na vizinhança por uns dias."

"Ah, está passando uma temporada na região?"

"Vim a negócios", disse Donnelly. "Sra. Holley, posso buscá-la em torno das onze, então, para visitarmos aquela casa antiga sobre a qual falamos?"

A audácia! Inacreditável! Propor um encontro sob o teto dela, na presença do pai e da filha dela! Mas tinha sido ela quem o deixara entrar, e agora a casa não era mais segura.

Está bem, pensou ela. Está bem. Ela ergueu o rosto e olhou bem nos olhos dele, vermelha, confrontando-o do fundo do coração.

"Está ótimo. Obrigada", respondeu.

Ainda acertarei as contas com você, pensou. Vou dar um jeito. Espere só para ver.

SEIS

Está bem, pensou ela. Está bem. Mostre as cartas para o meu pai, então. Tente extorqui-lo. Veremos.

Vai ser um baque para a Bee. Mas meu pai vai reconhecer que não há nada de mais nas cartas. Seja lá como soarem. Lucia foi dormir com essa resolução em mente, obstinada.

Mas quando acordou, logo cedo, já era outra história. Não posso contar com o meu pai, pensou. É um homem muito correto. Provavelmente iria querer procurar a polícia. Precisamos tirar isso a limpo, querida. E então a polícia faria a conexão entre a Bee e o Ted, e quando encontrassem o Ted...

Não. Vou despistar o Donnelly. Vou fingir que estou juntando o dinheiro para pagar a ele. Assim ganho tempo.

Mas tempo para quê? Pense. Faça alguma coisa.

Era uma manhã suave e amena, de sol brando. Arrependida por David de antemão, vestiu o maiô, saiu da casa furtivamente e dirigiu-se ao píer. Pegou o barco a remo dessa vez. Desceu pelo túnel, atravessou a enseada, entre os corais, e seguiu em mar aberto. Ah, não há paz maior no mundo!, pensou, e recolheu os remos para dar um mergulho.

"Uh!", exclamou em voz alta, pois a água estava um gelo. Mas em pouco tempo, conforme nadava, já não sentia a água tão fria, apenas refrescante. Um deleite. As gaivotas voavam logo acima, e ela se virou de costas para flutuar e observá-las. Uma delas deu um rasante tão baixo, que Lucia pôde ver seu rosto bravio.

Flutuou na água reluzente, de olhos semicerrados, observando as gaivotas e as pequenas nuvens no céu claro. Virou-se para nadar e deu duas voltas ao redor do barco, contente com o ritmo tranquilo de seus músculos. Só para não perder a prática, passou por debaixo do barco, na sombra fria, e logo reemergiu ao sol.

O motor de uma lancha ecoava à distância. Será que é o David em meu encalço?, pensou ela, e subiu às pressas no barco a remo. Mas a lancha se aproximava do lado oposto. Vinha da ilha. Assim que pegou os remos, pôde ver. Um policial de uniforme estava ao volante, e na popa havia ainda outro policial e um rapaz de paletó cinza, um homem grandalhão, de orelhas grandes e sobressalentes e nariz grande e ossudo. Lucia ficou paralisada, fitando a lancha, e o rapaz se virou para ela. Quando se cruzaram, trocaram olhares. Era um rapaz de olhos escuros, afáveis e um pouco tristes.

Logo desapareceram no horizonte. O barco a remo chacoalhou com as ondulações. Encontraram o Ted, pensou ela. E *agora*, o que vai acontecer?

Ela começou a remar de volta para casa. Certo. Certo. Lembre-se, um problema de cada vez. Não vou me precipitar. Não vou criar caso. Vou dar conta... Tudo certo. Ela tirou a touca de borracha e soltou o cabelo escuro ao vento. Remou devagar e deixou o sol secar seu maiô de lã.

Bem, se a polícia perguntar do Ted, é só dizer que nunca tivemos contato com ele. Meu pai não sabe com quem conversou. Talvez seja melhor contar para ele ainda hoje, de manhã mesmo.

Ela voltou para o quarto, antes que David pudesse ouvi-la. Vestiu-se e sentou-se à beira da janela. Agora, se aparecer alguém, estou pronta, pensou. Posso dizer o que for preciso, sem drama. Posso contar quantas mentiras forem necessárias.

Ela ouviu Sibyl descer os degraus rangentes da escada, deu um tempo e desceu também.

"Espero que o rapaz da lavanderia venha hoje", comentou Sibyl. "Não sei como o sr. Harper vai dar conta. Tem só uma camisa limpa para a semana toda."

Era como se as engrenagens estivessem em movimento. O dia estava começando. Assim era a vida.

"Estou pensando em dar uma passada em Nova York e comprar umas camisas para ele", disse Lucia. "E para o David também. Mas andam tão escassas e caras."

"A gente daria conta", disse Sibyl, "se o rapaz da lavanderia cumprisse as promessas dele. Mas já faz quase duas semanas que não aparece. Não traz as roupas que estão com eles... Não vem buscar o que está para lavar..."

"Se ele não vier hoje, talvez seja melhor eu telefonar", considerou Lucia.

"Melhor, senhora", disse Sibyl.

Lucia tomou uma xícara de chá na própria cozinha, ansiosa para o sr. Harper descer. Esperou por ele no *hall*.

"Pai", disse, "sabe aquele homem que estava na edícula anteontem, tarde da noite? Acho melhor contar para você umas coisas sobre ele."

"Não vejo necessidade, querida. A menos que ele apareça de novo, mas acho difícil. Não vai voltar tão cedo. Mostrei para ele..."

"Eu sei, pai. O nome dele é Stanley Schmidt."

"Schmidt, é? Nome alemão."

"Ele é alemão. Um tipo suspeito e esquisito, pai, e prefiro que ninguém saiba que a Bee andava com ele."

"Como assim, Lucia? Suspeito?"

"Acho que é um agente nazista", insinuou Lucia, de repente.

"Mas o quê? Temos que denunciá-lo, então."

"Já denunciei. Enviei uma carta anônima para o FBI", disse ela. "Entendeu por que não podemos deixar a Bee se envolver nisso?"

"Claro, claro. Você chegou a conversar com ela sobre esse sujeito, Lucia?"

"Achei melhor não", disse ela, em um tom muito específico, plácido e solene.

Costumava falar assim com Tom também. Dava a entender que ela, e somente ela, poderia compreender os mistérios do coração de uma garota. Deixava Tom desconfortável, e surtiu o mesmo efeito com o sr. Harper.

"Bem... Você é que sabe", disse ele.

David estava descendo. Pouco depois, desceu Bee. Sentaram-se à mesa, todos juntos. Uma brisa constante soprava pelas janelas, o sol fazia o vidro e a prataria cintilarem. Lucia observou o cabelo grisalho do pai, a juba loura e sedosa de Bee e o cabelo ruço de David, tão revolto quanto sua própria cabeça dura. Deixem eles em paz!, suplicou ela, em seu íntimo. Deixem eles *em paz!*

"O carteiro!", anunciou David, afastando a cadeira. "Vou ver se chegou carta do papai!"

Ele se retirou às pressas, deixando a porta de vaivém balançando, e voltou com a correspondência.

"Quatro cartas", anunciou. "Duas para você, mãe, uma para a Bee e uma para mim, todas do exército. O jornal do vovô, uma carta para a Sibyl, uns boletos e papeladas."

Bee e ele abriram suas cartas no mesmo instante. Lucia guardou a dela para ler sozinha, mais tarde. O velho sr. Harper abriu seu jornal nova-iorquino.

"Vai esquentar", comentou. "Já era hora de passar esse tempinho fora de época. Vejamos... As coisas parecem promissoras na Europa. Tem esse Montgomery... Um bom homem... Mas o que é isso? Nossa! Corpo de Marchand Encontrado na Ilha Simm."

"Como é que é?", disse David, levantando o rosto.

"Ontem, o Departamento de Polícia de Horton reportou a descoberta, em um local pantanoso e isolado da ilha Simm, do corpo de Ted Darby, 34 anos, cujo nome..."

"Deixa eu ver!", exclamou Bee.

"O quê?", disse o sr. Harper.

"Deixa eu ver!", insistiu ela.

"Estou lendo", retorquiu ele, mas ela arrancou o jornal de suas mãos e subiu correndo.

"O que há com ela?", perguntou o sr. Harper.

"Deve ser um figurão das artes", comentou David. "Ela conhece um monte de gente do meio."

"Não precisava ter arrancado o jornal das minhas mãos."

"Agora ela vai fazer o maior fuzuê. Vai ligar para todas

as garotas que conhece. *Amiga*! Você *ouviu* essa história do Fulano de tal?"

"Enfim", disse o sr. Harper, "custava ter esperado um pouco?"

"Ah, você sabe como são as garotas quando o negócio é fofoca", disse David, de homem para homem.

Será que ele sabe de algo?, pensou Lucia. Ou só está protegendo a Bee por lealdade?

Ela não deixou transparecer a ansiedade, mas assim que terminou o café, subiu e bateu à porta de Bee.

"Sou eu, Bee. Deixa eu entrar."

A chave girou na fechadura e Bee abriu a porta.

"Parabéns, você venceu", disse, com seu sorriso quadrado, desdenhoso.

Lucia entrou e fechou a porta.

"Não quero vencer. É só que..."

"Mas venceu", retrucou Bee. "Já era para mim."

"Não é o fim do mundo, Bee. Todo mundo comete erros."

"Não tão graves assim! Se for mesmo verdade o que diz o jornal..."

"Ainda não li."

"Ele foi preso, um pouco antes da guerra. Tinha uma pequena galeria de arte, onde vendia fotos obscenas. A polícia interditou a galeria, mas ele deu um jeito de entrar lá antes do julgamento e tingir todas as fotos. Que coisa, não? E não para por aí! Ele tinha um divórcio nas costas, e a esposa o acusava de estelionato. Parece que sugou todo o dinheiro dela. Você já sabia dessa história toda, pelo jeito."

"Não, Bee. Eu não fazia ideia."

"Então como você sabia que ele... não prestava?"

"Eu soube assim que o vi."

"Como?"

"Ah, sabendo...", disse Lucia.

"Mas *como?* Eu me encontrei com o Ted várias vezes e isso nunca passou pela minha cabeça. Ele estava sempre alegre, de bem com a vida... Eu jamais diria que era um trambiqueiro... Mãe, quero saber como *você* foi capaz de farejar algo de errado, e *eu* não?"

"Eu sou mais velha, Bee..."

"Mas você nunca saiu do lugar. Nunca viu nada na vida."

"Que bobagem, Bee! Sou casada, tenho dois filhos."

"Isso não é nada", disse Bee. "Você me contou que conheceu o papai quando ainda estava no colégio. Imagino que nunca tenha nem *pensado* em outro homem. Você noivou aos dezessete anos."

"Sua idade", comentou Lucia.

"Os tempos são outros. As meninas são diferentes hoje, menos superprotegidas." Ela fez uma pausa. "Quero dar o fora", disse.

"Como assim, Bee?"

"Ficar por aqui seria um *pesadelo*!", exclamou. "Não quero esbarrar com nenhum conhecido. Nunca mais piso na escola de artes."

"Bee, você não contou do Ted para ninguém, contou?"

"Ah, não pelo nome. Mas todo mundo sabia que eu tinha um casinho... Eu falava dos lugares que a gente frequentava, coisas do tipo. Ai, meu Deus! Se alguém ficar sabendo que me apaixonei por um homem como o Ted, eu... nem sei dizer. Prefiro *morrer*."

"Não fale assim, Bee."

"Mas é exatamente como eu me sinto. Meu Deus!"

"Sem blasfêmia, Bee, por favor."

"Ah, quem se importa? E pensar que deixei ele me beijar... várias vezes... Imagina se ficam sabendo... Prefiro mesmo *morrer*."

Os olhos azuis de Bee estavam sombrios, e o rosto, branco tal como papel. A vergonha lhe causava uma dor lancinante.

"Quero dar o *fora!*", repetiu.

"Bee", disse Lucia. "Bee, minha querida, o único jeito de lidar com a situação é encarar as consequências..."

"Parece o *vovô* falando!"

Eu me sinto como ele, pensou Lucia.

"Você contou do Ted para ele."

"Não contei para ninguém. E nem pretendo contar. Você deveria saber disso, Bee."

"Ah, como eu vou saber? Não sei o que você pensa. Talvez achasse que fosse seu 'dever' contar para o vovô e para o papai... Para me ensinar uma lição, ou algo assim."

"Pense o que quiser...", disse Lucia.

"Eu sei que você quer o *melhor* para mim. Mas você não me entende."

Lucia não disse nada.

"Você me ajuda a escapar?", indagou Bee.

"Ajudo", respondeu Lucia. "Deixa eu ver o jornal, Bee?"

"Você me ajuda a começar uma vida nova... o quanto antes?"

"Já disse que ajudo. Mais tarde conversamos sobre isso. Agora eu gostaria de ver o jornal, Bee."

Lucia levou o jornal para o seu quarto e sentou-se na beira

da cama desfeita para ler. Os detalhes do passado de Ted Darby não eram de seu interesse. Ela estava de olho em outra coisa.

O corpo foi encontrado na tarde de ontem por Henry Peters, 42 anos, um eletricista de Rockview, Connecticut. O sr. Peters caminhava sozinho pela orla, quando os latidos insistentes de seu cachorro o conduziram até um charco. Segundo as declarações do tenente Levy, do Departamento de Polícia de Horton, a morte decorreu de um ferimento no pescoço, provocado por um instrumento pontiagudo, entre vinte e quatro e vinte e seis horas antes da descoberta. A polícia está seguindo diversas pistas.

Mas que pistas?, pensou Lucia. Se apontarem para meu pai, a Bee está perdida. E aquelas cartas... As cartas! Se ao menos eu conseguisse juntar cinco mil dólares... Nada o impediria de pedir mais dinheiro depois. E ele poderia muito bem guardar algumas cartas. Eu não teria como saber.

Ela largou o jornal na cama e se dirigiu à janela. O homem que vi na lancha hoje cedo... Devia ser o tenente Levy, pensou. Até que era bonito. E se eu procurá-lo e contar tudo? Afinal de contas, nenhum de nós cometeu um crime. Levar o Ted embora daquele jeito pode até configurar ato ilícito, mas não acobertei um crime, apenas um acidente. Seria um baque e tanto para o meu pai, mas ele aguenta.

Já a Bee, não. Ela imaginou Bee no tribunal, bancando a durona, fazendo desdém. No fundo, estaria desesperada, acabada. Srta. Holley, por acaso você convidou esse homem para encontrá-la na edícula? Você o visitava no hotel?

Não!, Lucia disse a si mesma. Não quero que a Bee arque com as consequências. Vou mandá-la para longe. Tem a Angela, em Montreal. Será que o Canadá exige visto em tempos de guerra? Gracie administra um acampamento em Maine... Posso telefonar para ela agora mesmo.

Não, não posso. Seu pai talvez acabasse ouvindo, ou mesmo o David. Privacidade não era uma realidade para ela. Nunca foi, pensou. As pessoas sempre sabem o que estou fazendo, por onde eu ando. Minha vida toda foi assim. Não é nem que sejam bisbilhoteiras ou desconfiem de mim. De certo modo, eu é que levo uma vida pública, às claras.

Vou até o centro, telefonar de uma farmácia, pensou. Vou...

Sibyl estava subindo, anunciava-se pelo ranger dos degraus e a respiração ofegante. Relutante em travar contato com quem quer que fosse, Lucia correu para se esconder no banheiro, mas a porta estava trancada.

"Um minuto!", gritou Bee, com a voz embargada.

Lucia correu até a escada.

"Acho que vou podar a horta", comentou com Sibyl.

"Está bem, senhora."

Jardinagem não tinha o menor apelo para Lucia. Fazia pelo dever. Ela colocou seu chapéu de palha e suas luvas pesadas. Pegou o cesto com a tesoura e a espátula e saiu pela porta dos fundos, para trabalhar no canteiro que o jardineiro local tinha plantado para ela.

Não sabia dizer o que era erva daninha ou não. É estranho, pensou ela. Todos eles, meu pai, a Bee e o David, partem do princípio de que sei o que estou fazendo. Sibyl é a única que não é ingênua assim. Havia ainda um terceiro item no cesto, uma espécie de ancinho de cabo atarracado e longos dentes curvos. Ela não sabia o nome ou a função da ferramenta, mas era sua favorita. Uma ferramenta dessas não deve machucar muito, ponderou ela, ajoelhada sob o sol quente, cavoucando a terra com cuidado.

Posso pedir para o sr. Donnelly passar na farmácia, pensou. De lá, telefono para a Gracie e cuido dos trâmites para enviar a Bee ao acampamento imediatamente. Vou dizer para o meu pai que a Gracie precisava de uma monitora. Sibyl pode lavar um ou dois vestidos para a Bee, e ela pode levar meu casaquinho cinza para usar no trem. Depois enviamos o resto. Tenho dinheiro suficiente.

"Mãe...", disse David.

Ela levantou o rosto e notou que ele estava de cara feia.

"Tem um homem aqui, um tal de Donnelly. Diz ele que veio buscar você para dar uma volta."

"Ah, sim", disse Lucia, e se pôs de pé.

"Você vai mesmo sair *sozinha* com ele?"

"E por que não? Ele esteve aqui ontem, tomou um chá com a gente."

"Fiquei sabendo", disse David. "Faça como bem entender, então. Mas acho que está cometendo um erro."

Lucia estava sem tempo para discutir com David. Subiu correndo para fazer a toalete e trocar de vestido. Um chapéu, pensou. Ficaria bonito. E colocou o chapéu novinho que Bee a convencera a comprar em Nova York, estilo marinheiro, com uma fita branca na aba, transpassada por ilhoses. Colocou luvas brancas também, diante do espelho. Sentia-se digna e correta.

"Que horas é para servir o almoço, senhora?", indagou Sibyl, quando ela já estava de saída.

"Ah... à uma, como de costume, Sibyl. Não vou demorar."

Só vou dar uma voltinha com um chantagista, pensou. É... difícil de acreditar.

Donnelly aguardava no passeio, com um pé apoiado no estribo de um conversível magnífico. Vestia um casaco grafite de flanela e uma calça social em um tom mais claro de cinza. Estava muito bonito, altivo, distinto.

"Bom dia!", disse Lucia.

"Bom dia", respondeu ele, sem sorrir, e a ajudou a entrar no carro.

Então pegou a estrada, com uma destreza *blasé*.

"Você se importa se pararmos na farmácia?", perguntou ela. "Estamos sem poder usar o carro, por ora, enquanto não chegam mais cupons. Sabe como é, as coisas vão se acumulando..."

"Claro, claro. Você me fala o caminho?"

"Próxima à direita", indicou ela, "e então reto, toda a vida."

Ele não fica nervoso?, pensou ela. Agindo assim, cometendo um crime pelo qual poderia passar anos atrás das grades? Não sente um pingo de vergonha sequer? Quando chegaram ao centro da cidade, ela notou o reflexo deles na vitrine da loja de móveis, uma cena estonteante. Um homem grande, garboso, bem vestido, e ao seu lado uma dama com luvas e um chapéu sofisticado. Ninguém acreditaria, pensou.

"A farmácia fica ali na esquina", apontou ela. "Volto em um minuto."

Estava enganada. A telefonista demorou para transferir a ligação para o acampamento, no Maine, e ainda levaram mais um bom tempo para chamar Gracie Matthews, a proprietária.

"Eu *acho* que a srta. Matthews está no lago", disse a pessoa que atendeu, com uma voz polida e ansiosa. "Vou mandar chamá-la."

A cabine telefônica estava abafada, com um cheiro muito desagradável. As mãos de Lucia estavam úmidas. Brotava suor da testa e do buço. Ah, anda logo! Anda logo!, urgiu ela, em seu íntimo. Não quero aborrecê-lo com essa espera toda.

Quando Gracie por fim atendeu, mostrou-se bem difícil.

"Claro, Lucia. Eu adoraria receber a menina. Só que hoje não dá. Não temos como buscá-la na estação. A perua está no conserto. Que tal segunda-feira?"

"Eu queria... ela queria ir hoje, Gracie."

"Mas que pressa toda é essa, Lucia?"

"Ela enfiou na cabeça..."

"Fala para ela vir na segunda, que vai curtir do mesmo jeito."

"E amanhã, Gracie? Não tem como?"

"Olha, até dá... Mas para quê? Eu precisaria pedir para o pessoal do acampamento Weelikeus buscá-la, e prefiro não incomodá-los. A perua fica pronta na segunda, e não vejo *por que* ela não poderia esperar até lá. Já é sexta."

"Você sabe como é nessa idade."

"Não sei, não", disse Gracie, com seu vigor de sempre. "Quando eu era novinha, não *exigia* que cedessem aos meus caprichos."

"Sabe o que é? Bee não anda muito bem. O clima aqui..."

"Se há algo de errado com ela, é melhor não mandá-la, Lucia. Estou com trinta e oito meninas aqui, dois monitores a menos, e nenhuma enfermeira qualificada."

"Bee adoraria ser monitora, Gracie."

"Não adoraria, não! Ela não sabe lidar com as pessoas. É muito autocentrada."

"Não é, não", refutou Lucia, no automático. "Bem, se não der para recebê-la amanhã..."

"Está bem!", disse Gracie. "Amanhã, então. Mas só estou fazendo isso pelo *seu* bem, Lucia. *Eu*, pessoalmente, não cederia a um capricho adolescente desses."

Elas conversaram mais um pouco, sobre os horários dos trens, apetrechos para levar.

"Dois cobertores", disse Gracie. "Um travesseiro. E... Você está anotando, Lucia?"

"Estou, sim", mentiu ela, sem cerimônia.

Era uma lista longa.

"E se ela tiver algum passatempo, coleção de selos, colagens, tricô, aquarela ou algo que o valha, diga para trazer o material."

"Pode deixar, Gracie. Agradeço."

"Você é uma tola", disse Gracie. "Não deveria se render à sua família assim. Ouça o que estou dizendo, Lucia. Eles teriam muito mais respeito por você se batesse de frente."

"É bem capaz mesmo... Mas enfim... Muito obrigada, Gracie. A gente se fala."

Ela desligou e abriu a porta da cabine. Demorei um século, pensou. Isso porque eu não queria aborrecê-lo... Mas ele não parecia zangado. Desceu do carro educadamente e abriu a porta para ela. Cruzou o centro da cidade e seguiu por uma estrada arborizada que ela não conhecia.

"Você está com o dinheiro?", indagou ele.

"Não...", respondeu ela. "Não consegui tirar um dia para ir até a cidade e passar no banco sem que me fizessem perguntas. Preciso de mais um tempinho."

Ele ficou em silêncio.

"As coisas mudaram", por fim disse, "com a morte do Darby."
"É... imagino."
"Vai ficar pior para a menina."
"Não", disse Lucia, impassível. "Pior não fica."
"Acredite, com tudo o que vem à tona no julgamento..."
"Que julgamento?"
"O homem que matou o Darby vai a julgamento", explicou Donnelly. "Ele fez um bom trabalho, mas vai enfrentar o banco dos réus."
"Isso se conseguirem pegá-lo."
"Não é nenhum mistério. Só meia dúzia de gatos pingados conheciam o Ted."

Ah, não!, pensou Lucia. Não *podem* prender o homem errado!

"Mesmo assim, talvez se enganem", disse ela.
"Você está me dizendo que há outras pessoas que gostariam de dar um fim nele?", perguntou ele, e pela primeira vez ela o viu sorrir, um sorriso sombrio e fugaz.
"Pode ter sido um acidente também."

Ele virou em uma estradinha e desacelerou.

"Conheço um restaurante por essas bandas", comentou. "É muito bom. Um lugar de respeito. Quer almoçar comigo?"
"Ah, agradeço", respondeu ela, pasmada. "Mas preciso voltar para casa antes do almoço. Deveria estar voltando já, na verdade."
"Como preferir", disse ele, e recuou de volta à estrada principal. "Você consegue arrumar o dinheiro até amanhã?"
"Segunda", disse ela. "Não posso fazer nada até lá."
"Não ficaria assim no seu pé se estivesse sozinho nessa."

"Como é?"

"Tenho um comparsa", explicou ele. "Por mim, esqueceria essa história. Deixaria você em paz."

Truque velho, pensou Lucia, inventar um parceiro para se eximir da culpa.

"Se eu não pegar o dinheiro", prosseguiu Donnelly, "ele vem atrás de você de novo."

"De novo?", perguntou ela. "Você está falando do Nagle... do sr. Nagle?"

"Você é rápida", disse ele, olhando para ela de soslaio. O azul dos olhos dele a surpreendeu.

"É um homem terrível."

"Você acha? É um bom amigo. Foi ele que me acolheu quando cheguei no país."

"Você é do Velho Mundo?"

"Da Irlanda", contou ele. "Eu idealizava este país, com tudo o que eu ouvia. Fugi de casa aos quinze anos e comecei a trabalhar como marujo em um navio, para vir para cá. Minha primeira viagem levou quase três anos, e quando chegamos, o imediato não permitiu que eu descesse. Provavelmente viu nos meus olhos que eu estava pensando em pular do barco. Então permaneci no convés, contemplando a Estátua da Liberdade."

Ele ficou em silêncio, com a sombra de um sorriso no rosto.

"E como você veio para cá, afinal?", perguntou Lucia.

"Ah, é pura ladainha", disse ele, com modéstia.

"Eu adoraria ouvir."

Era verdade. Ela queria saber com que tipo de homem estava lidando.

"Bem, retornamos para Liverpool", contou ele. "Um dia, eu estava caminhando pelas docas, procurando um navio que me trouxesse de volta aqui, quando apareceu esse homem, muito cortês. Conversamos um pouco, e ele disse: 'Bebe uma comigo'. Eu tinha dezesseis anos na época, mas parecia mais velho. Nunca tinha bebido, para falar a verdade. Ficava com receio, com tudo o que ouvia. Mas aceitei o convite, para ver no que daria. Quando dei por mim, estava em um navio rumo a Singapura. Passamos pela China, pelo Japão. Quando voltamos para Liverpool, eu estava deslumbrado, com todas as maravilhas que tinha visto, e queria mais. Peguei outro navio, rumo ao Leste, Egito, Índia..."

Ele ficou em silêncio de novo.

"É curioso...", disse. "Quando consegui juntar dinheiro para viajar com estilo, voltei para esses lugares todos. Mas não foi mais a mesma coisa. Bem... Talvez me faltasse a juventude."

"E como você acabou vindo para Nova York?"

"Não é lá uma grande história. Economizei e comprei a passagem."

E como acabou virando chantagista?, pensou ela.

Um rapaz tão aventureiro e romântico, ao que tudo indica... Como chegou a esse ponto?

"O que você fez quando chegou aqui?", perguntou ela.

"Você não vai acreditar! Eu tinha um primo no Brooklyn. Isso era tudo o que eu sabia dele. Não tinha endereço nem nada, só o nome. Resolvi procurá-lo e então lá fui eu para o Brooklyn, crente que era um lugar pequeno. Imagine só... Andei para cima e para baixo, perguntando por ele em tudo quanto era canto. 'Você já ouviu falar em um tal de Mulligan, do condado de Clare?'

A certa altura, perguntei para um policial. 'Tem um clube aqui perto', disse ele, 'onde se reúnem os homens do condado de Clare. Pode ser que consiga alguma informação por lá.' E não é que meu primo era figurinha carimbada no tal clube? Alguém me levou até a sala privativa dele, e meus problemas acabaram, no mesmo dia em que pus os pés neste país."

"Você passou a trabalhar para o seu primo?", perguntou Lucia.

"Não...", disse ele. "Não foi bem assim. Sabe, ele tinha a caderneta dele..."

"Caderneta?"

"Ele agenciava as apostas", explicou Donnelly. "Ele me levou para o Belmont Park e me apresentou para vários amigos, que me passaram uns bicos. Acabou que me dei bem com o chefe do território. Eu me dava bem com todo mundo."

"E você não tinha um emprego? Um trabalho normal?"

"Não tinha, não", disse ele, com certo orgulho. "Depois das três viagens de navio, nunca mais trabalhei na vida."

"E nunca quis trabalhar, ter um salário?"

"Não, nunca. Não faz o meu estilo."

E que estilo seria esse?, pensou ela. Não conseguia entendê-lo. Era incapaz de conceber aquela vida, o mundo em que ele vivia. Ele não parece ser um homem *ruim*, pensou. Será que eu conseguiria convencê-lo a sair dessa?

Mas a casa dela já despontava no horizonte. Não tinha mais tempo.

"Vou perguntar para o meu comparsa se ele espera até segunda", disse Donnelly, "mas não sei, não... Você tem certeza de que vai ter o dinheiro na segunda-feira?"

"Tenho, sim", respondeu Lucia.

Segunda-feira, a Bee já estaria longe. E ainda vou dar um jeito, disse a si mesma. Pensar em uma saída.

Chegando em frente à casa, depararam com um furgão estacionado na rua. Lavanderia Eagle. O motorista tinha descido do veículo e conversava com Sibyl, que se impunha sobre ele nos degraus da entrada.

"Ele disse que só vem uma vez por mês", comentou ela.

"Uma vez por *mês*?", exclamou Lucia. "Assim não dá."

"É o melhor que podemos oferecer", disse o motorista, um rapaz de boina, negro e esbelto. "Estamos sem pneus decentes, e não temos nem gasolina nem mão de obra para retirar roupas com mais frequência."

"Vou lavar a roupa *eu mesma*", disse Sibyl, aparentemente nervosa, "não vou ficar esperando um *mês*."

"Faça como quiser", disse o motorista, e entrou de volta no furgão.

Ele recuou, fez a volta e foi embora. Donnelly saiu do carro e ajudou Lucia a descer.

"Entrarei em contato", disse ele, chapéu em mãos.

Então cumprimentou Sibyl com um sorriso e uma mesura, para a surpresa de Lucia.

SETE

"Onde você está com a cabeça?", inquiriu Bee. "Não é do seu *feitio*, mãe, ficar de conversinha com um homem desses."

"Não estou de conversinha com ninguém", disse Lucia. "Ele queria me mostrar uma casa antiga. Histórica. É melhor fazermos uma lista, Bee, das coisas que você vai precisar. A tia Gracie falou para levar cobertor e travesseiro."

"Como vou carregar esse monte de coisa?", perguntou Bee. "Porteiros são raridade agora. Se bem que a Gracie ainda deve ter alguns, Deus sabe o quanto ela é eficiente."

"Sem blasfêmia, Bee. Você sabe que seu pai detesta. E a tia Gracie também."

"Ela não é minha tia, graças a Deus."

"Ela adora quando você e o David a chamam de 'tia'."

"Já faz anos que não chamamos ela assim. Eu, particularmente, não morro de amores por ela. Não passaria perto daquele acampamento medonho se não precisasse sair daqui."

Lucia estava sentada na beira da cama de Bee. Diante dela, a menina descalça, de camisola em cetim marfim, parecia tão encantadora, tão distante. Será que estava apaixonada por Ted Darby?, pensou Lucia. O que significa isso tudo para ela? Não sei. Ela está muito nervosa. Não comeu nada no almoço. Mas será que está triste?

Preciso saber. Preciso aprender a conversar com a minha própria filha. É o mínimo.

"O David me levou no Iate Clube hoje de manhã", começou Bee.

"E como ele conseguiu entrar? Não somos membros."

"Ele tem contatos lá dentro. Faz amigos com facilidade. São pessoas legais, e não são só jovens. Eu teria me divertido se não estivesse com essa história martelando na cabeça. Imagina se alguém ficar sabendo da minha história com o Ted! *Odeio* ele. Como pôde?"

"Bee! Ele morreu."

"Odeio ele! Nunca vou perdoar ele pelo que fez comigo."

"Mas o que ele fez, querida?"

"Por causa dele, nunca mais vou ser capaz de confiar em um homem."

"Vai, sim, Bee. Pense no seu avô, no David."

"Você não tem noção de como eles são raros. Não tem noção de como é sortuda. Sua vida pode até ser um tédio, mas pelo menos você nunca foi enganada e humilhada. Como é esse tal de Donnelly?"

"Ah, é uma companhia muito agradável", disse Lucia. "Mas enfim... Vamos fazer a lista."

"Ele é bonito", comentou Bee. "Mas acho que é um lobo."

"Bem, não importa", disse Lucia. "Você vai querer levar o seu roupão de flanela, imagino."

"O problema é que *você* não *saberia* se ele fosse um lobo."

"Claro que saberia. Não sou idiota."

"Mãe, *algum* outro homem já quis se casar com você?"

"Se fosse o caso, eu não contaria para você."

"É nisso que você se engana", disse Bee. "Fica tentando se passar por mulher-maravilha."

"Eu não tento me passar por mulher-maravilha."

"Tenta, sim. Não deixou ninguém derramar uma lágrima quando o papai foi embora."

"Para que deixar transparecer que não estou contente?"

"Seria muito melhor... Se não fosse por essa inibição, eu conseguiria me *abrir* com você."

Ah, Bee! Conversa comigo!, suplicou Lucia, em seu íntimo. É o que mais quero neste mundo. Eu entendo como são as coisas.

David subiu correndo.

"Mãe", chamou ele, do corredor. "Tem um homem querendo falar com você."

Sua voz soava funesta.

"Quem é, David?"

"Diz ele que veio em nome do sr. Donnelly. Vou ficar de olho. Ele está na varanda."

"Prova a minha saia marrom, Bee", disse Lucia. "Já volto."

"Mãe, o que está acontecendo?", indagou Bee. "Quem é esse tal de Donnelly, afinal?"

"Eu já falei. Me dá um minuto, já volto."

Da janela da sala de estar, Lucia pôde ver o homem, e seu coração afundou. Era o pior de todos até então, de longe o mais estranho e suspeito. Era jovem, um garoto de suéter carmim colado no torso magro. Tinha o cabelo preto e áspero e pequenos olhos pretos, bem próximos, junto ao nariz largo.

Deve ser uma gangue, pensou ela. Uma gangue de chantagistas. Não vão largar o meu pé... Bem, antes de tudo, preciso mandar a Bee para longe daqui. Depois vejo o que eu faço. Depois penso nisso.

Com um frio na espinha, ela abriu a porta.

"Pois não?", perguntou ela.

"É da Regal Snowdrop", disse o rapaz.

"De onde?"

"Regal Snowdrop", repetiu ele, impaciente. "O sr. Donnelly que mandou a gente vir. Para pegar a roupa suja."

"Ah... É da lavanderia?", inquiriu ela.

"É. Da lavanderia."

Ela ficou em silêncio, tentando entender. Deve ser algum tipo de código, pensou. Ele deve ter vindo recolher o dinheiro, ou um cheque, ou algo do tipo. E se ele se recusar a ir embora sem o dinheiro?

"O sr. Donnelly disse amanhã", comentou ela, com muito cuidado.

"Ah, ele mandou a gente vir hoje. Falou que era um serviço especial. Retirar hoje, trazer de volta na terça."

"Quer dizer que é da lavanderia mesmo?"

"Minha senhora, eu já não *disse*? É da lavanderia. Onde a gente lava e passa roupa. Sabe, lavanderia?"

"Foi o sr. Donnelly quem mandou vocês?"

"Ele disse que a senhora andava com problemas."

"Mas como você vai levar a roupa?"

"Eu vim de carro", disse ele, virando o rosto para a rua, e então ela notou o cupê azul caindo aos pedaços. "Escuta! Eu não tenho a noite toda, não, minha senhora."

"Não, claro. Vou pegar a roupa."

Ela entrou em casa, um pouco zonza, e se dirigiu à cozinha, atrás de Sibyl.

"A lavanderia veio buscar a roupa", disse. "Vão trazer de volta na terça."

"É uma lavanderia nova, senhora?", perguntou Sibyl.

Lucia sentiu que Sibyl a fitava com um olhar desconfiado.

"É, sim", respondeu Lucia, sem cerimônia. "Chama Regal Snowdrop. Se puder entregar a roupa ao rapaz, Sibyl... Por favor."

David aguardava no *hall* de entrada.

"E então?", perguntou ele, sucinto.

"Não é nada de mais", disse Lucia. "É só o rapaz da lavanderia."

"Por que ele não tem um furgão?"

"Não sei. E não faço questão de saber."

"O que o Donnelly tem a ver com a nossa roupa?"

"Ele sabia dessa lavanderia e quis nos fazer um favor."

"Ele poderia fazer o favor de manter distância", retrucou David.

"Não seja bobo", disse Lucia, em tom mecânico, e seguiu para o quarto de Bee.

"Quem era?", indagou Bee.

"Ah, era o rapaz da lavanderia."

"E o que o sr. Donnelly tem a ver com isso?"

"Ele tinha o contato da lavanderia e pediu para o rapaz vir aqui."

"Mas por quê?"

"Ora, por que *não*? Cansei desse interrogatório!", vociferou Lucia.

"Mãe!", exclamou Bee, chocada. "Nunca vi você assim."

"Assim como?", perguntou Lucia, apática. "Dá uma voltinha, Bee. Deixa eu ver como ficou o caimento da saia nas costas."

Assim não vai dar, disse a si mesma. Não é do meu feitio ficar aborrecida assim. É que... Não sei. Estou cansada mesmo. Mas preciso me controlar, ou vão perceber.

Todos eles representavam um perigo para ela, pai, filha e filho. E Sibyl? Não sei, pensou. Só sei que preciso ficar sozinha, para me resolver. Preciso pensar com calma. Primeiro, vou tirar a Bee daqui. Gostaria de mandar meu pai para longe também.

Ela acreditava que, assim que arrumasse um esconderijo seguro para eles, conseguiria lidar com a crescente ameaça de seus próprios problemas. Com eles longe, eu me concentraria melhor, disse a si mesma. No fundo, ela sabia que não andava pensando muito. Não tinha sequer um plano, apenas o impulso tolo e infrutífero de adiar as coisas, de ganhar mais um dia perante Donnelly e Nagle. Não tenho como arrumar cinco mil dólares, pensou.

Mas e se eu não tiver escolha?

Não, de nada adiantaria. Chantagistas não param nunca. Não me devolveriam todas as cartas. E eu não teria como saber. Ela estava em seu quarto, costurando uma faixa no roupão de Bee, um roupão singelo, de viscose, em rosa queimado, com uma tênue fragrância de um perfume. Lucia sentiu vontade de chorar, e de fato chorou um pouco.

Mas precisava se conter. Alguém iria vê-la. Sempre aparecia alguém. Sempre batiam à porta. Todo mundo tinha o direito de procurá-la, era para isso que servia, era essa a sua função, sua razão de ser. Ela nunca tinha tempo para si.

A batida na porta não tardou. Era Sibyl.

"O sr. Harper está com um investigador da polícia lá embaixo, senhora", avisou ela. "Ele o convidou para ficar para o chá."

"Da polícia?", perguntou Lucia, espantada.

"Sim, da polícia. Mas não há nada com o que se preocupar, senhora. Ele entrou pela porta dos fundos e falou comigo primeiro. Disse que está conversando com todo mundo na vizinhança, para ver se alguém conhecia o sr. Darby."

Seria mesmo compaixão o que ela sentia na voz de Sibyl, naqueles olhos de mármore âmbar? Por acaso sabia de alguma coisa? De tudo, talvez? Não pergunte. Não tente averiguar.

"E onde... Por onde anda a srta. Bee?", inquiriu ela.

"Ela saiu para caminhar com um rapaz, senhora."

"Mas *que* rapaz?"

"Um vizinho, senhora. Parece ser um *bom* rapaz", comentou Sibyl.

Era compaixão, de fato. Um tom de voz compreensivo.

"Um *bom* rapaz", repetiu ela.

"Já desço."

"Sim, senhora. O sr. Harper ficou contente por ter companhia para o chá. Ele não está preocupado com a polícia, senhora. Não há nada que pese na consciência dele."

Então você sabe?, pensou Lucia. Era difícil dizer, e achava melhor assim. Ela tomou um banho, escovou o cabelo, colocou um vestido fresco e desceu às pressas para a sala de estar.

"Ah, Lucia...", disse o pai. "Este é o tenente Levy, do Departamento de Polícia de Horton. Tenente, minha filha, sra. Holley."

O tenente havia se levantado. Era um rapaz alto, de pés grandes e orelhas notavelmente grandes. Não estava de uniforme. Vestia um paletó cinza e, embora elegante, não era muito formoso. Ostentava um sorriso amigável e olhos escuros, brandos e pensativos. E, no entanto, despertava muito medo nela.

"O tenente está fazendo um relatório de praxe", explicou o sr. Harper. "Ele está investigando um homicídio."

Que *você* cometeu, pensou Lucia.

OITO

O carteiro apareceu na hora do chá. Trazia uma carta de Tom. Lucia pegou a carta, mas não abriu. Era um conforto pensar em Tom, sempre tão resoluto, tão descomplicado. Deixe que eu cuido disso, Lucia, diria ele. E se visse o quão mal ela andava cuidando de tudo, não se aborreceria, não a repreenderia, não ficaria impaciente. Acho que você cometeu um pequeno deslize, Lucia...

Levy não dirigiu nenhuma pergunta a Lucia, e ela se sentiu grata. Ele nem sequer quis falar de Ted. Mas o sr. Harper quis.

"Li sobre o caso nos jornais", comentou. "Não falei nada, para você e a Bee não ficarem alarmadas. Perto de casa assim... Mas me parece ser um desses assassinatos entre gângsteres."

"Prefiro não tocar no assunto", Lucia o interrompeu bruscamente, falando mais alto do que pretendia.

"Claro, querida. Combinado", disse o pai, já arrependido.

Bem que a Sibyl falou... Ele ficou contente por ter companhia para o chá. Anda muito sozinho, pensou Lucia. Sente falta do trabalho, do clube. E sente muita falta do Tom. Costumavam conversar. Ele anda sozinho e está ficando velho...

O sr. Harper estava envelhecendo com dignidade, o cabelo grisalho raspado rente à raiz, as unhas bem aparadas e a gravata xadrez, em marrom e amarelo, sempre passada... Dá vontade de chorar, pensou Lucia, e ficou abismada consigo mesma.

Levy perguntou se ela já tinha lido um dos livros populares da vez.

"Ainda não", respondeu ela, "e você?"

Ele já tinha lido. Falou um pouco sobre o livro. Não sei, não, pensou ela. Ele não tem jeito de policial. E se não for da polícia? E se for um dos capangas do Nagle?

Sua casa tinha sido invadida, não era mais um refúgio seguro para a sua família. Se ao menos eu pudesse alertar meu pai, pensou ela, para que não diga nada... Mas talvez ele já tivesse deixado escapar alguma coisa... Talvez, no alto de sua inocência, já tivesse se traído...

Ela não tirava os olhos de Levy, tentava ler o rosto dele. Em vão. Era um semblante ameno, um pouco triste, e nada mais. Se era mesmo da polícia, por que estava estendendo tanto a visita? Para enquadrar alguém.

Ele ainda estava na sala quando Bee chegou em casa. Trazia um garoto com ela, e Lucia o achou um tanto sinistro e sombrio. Não sorria e tinha ombros demasiadamente largos. Parecia forte e agressivo.

"Mãe", disse Bee, "esse é o Owen Lloyd."

Owen tomou a mão que Lucia lhe estendera, com um aperto que a fez estremecer. Então cumprimentou o sr. Harper e o tenente Levy.

"O senhor está investigando aquele caso da ilha?", indagou. "Do tal do Darby?"

Bee empalideceu no mesmo instante, e Lucia ficou apavorada. Se Levy olhar para ela *agora*..., pensou.

"Ah, é só um inquérito-padrão", respondeu Levy. "Estamos passando de porta em porta para ver se conseguimos alguma pista."

"Talvez minha mãe possa ajudar, senhor", comentou Owen. "Ela até cogitou procurar a polícia... Disse que, na quarta de manhã, olhou pela janela e viu um homem e uma mulher de pé em uma lancha, em alto-mar. Brigando, parece. Ela se virou para pegar os óculos e, quando olhou de volta, o homem tinha desaparecido, e a mulher seguiu em direção à ilha."

"E por que ela não foi até a polícia, sr. Lloyd?"

"Meu pai achou melhor não. Pensamos que pudesse ter se enganado, e que acabaria se aborrecendo por bobagem. Ela vive com os nervos à flor da pele, sabe?"

"Entendi", disse Levy.

Ele terminou sua segunda xícara de chá e se levantou.

"Muito obrigado, sra. Holley. Foi um prazer."

"Apareça mais vezes", disse o velho sr. Harper. "Adoraria saber mais sobre o caso, se puder dividir comigo."

"Pode deixar, sr. Harper!", respondeu Levy, com sinceridade.

Agora era Owen quem estava estendendo a visita. Lucia fez sala, até que o sr. Harper se retirou para uma caminhada antes do jantar. Ela subiu para o quarto, pensando no alento que encontraria na carta de Tom.

Mas era uma das cartas esquisitas dele, pautada por um humor caótico. Ela já tinha recebido duas ou três do tipo, e sempre ficava profundamente consternada. Tom nunca bebe além da conta, pensou. Não é isso. Será a batalha que o deixa tão alucinado?

Ela tentou visualizar seu querido Tom, uma presença sempre tão leve e bem-humorada, em combate. Lembrou-se das batalhas que tinha visto no noticiário. Fogo, fumaça, ruídos tenebrosos, choradeira, zunidos, berros, explosões, colisões avassaladoras. Não, não posso..., pensou ela. Não adianta. Ele está tão longe...

Ela estava sentada em um banco-baú, à janela, tomada por uma estranha apatia, quando David bateu à porta.

"A Sibyl comentou que chegou carta do papai", disse ele. "Alguma novidade?"

"Ah, nada de mais, querido. Você sabe como é, ele não pode dar detalhes."

"O Owen já esteve no Pacífico."

Ele olhou para Lucia, um pouco amuado.

"Bem, se não acabar logo", disse ele, "logo será a minha vez."

Ele nunca tinha tocado no assunto. De repente falava em um tom de questionamento, como se perguntasse para ela: o que significa tudo isso? O que devo pensar da vida, da guerra, da morte?

Ele parecia tão jovem, tão indefeso. Não!, bradou Lucia, em seu íntimo. *Não!*

Mas para quem ela estava dizendo aquilo? Não tinha poder para proteger sua família, seus próprios filhos. As paredes de sua casa estavam ruindo, não havia onde se refugiar.

"Você tem uma camisa limpa para jantar, querido?", perguntou ela. "Vai lá se trocar, depois me dá essa. A gola..." Ela encostou na gola, na nuca jovem e franzina dele. "Está um pouco amassada..."

"Ah... Está bem." Ele soltou um suspiro e deixou o quarto, frustrado.

NOVE

Lucia se sentou na cama para reler a carta que tinha escrito na noite anterior.

> QUERIDO TOM,
> Bee vai passar uns dias no acampamento da Gracie. Acho que vai fazer bem para ela. Nossa vidinha aqui é muito monótona.

Monótona... repetiu a si mesma, mas deixou assim mesmo.

> Você perguntou a quantas anda o carro. Quase não o tiramos da garagem, porque não dá para trocar os pneus ou abastecer, então vai estar um brinco quando você voltar. Comentei com a Sibyl que você mandou lembranças e ela pediu para dizer que reza por você todas as noites. E é verdade, Tom. Não sei o que seria de mim sem a Sibyl.

Ela se recostou nos travesseiros, pensando em Sibyl. O que será que ela sabe? Era uma manhã radiante, mas Lucia não cogitou sair. Precisava ficar a postos em casa, para que não acontecesse nada. Quem me dera pôr um fim nessa história, disse a si mesma. Ainda não sei muito bem o que vou fazer. Uma coisa de cada vez...

Nagle, Donnelly e Levy... Cinco mil dólares... Minhas joias, pensou ela, em um estalo. Tinha o anel de noivado, de brilhante, um anel de esmeralda, que ganhara do pai ao completar vinte e um anos, um colar de pérolas, herdado da mãe, um bracelete de diamantes, da avó, tudo guardado em um cofre de banco em Nova York. Eu poderia usá-las para pegar um empréstimo, pensou. Ou, na pior das hipóteses, poderia vendê-las.

Para pagar chantagem? Pois é..., pensou consigo. Talvez seja burrice, mas é o que me resta. Pelo menos, assim, aqueles homens sossegam um pouco. E eu ganho tempo.

O tempo seria um grande aliado. Lucia se agarrou a essa ideia. Era seu mote agora. O fim da guerra estava a cada dia mais perto, e todo dia que ela não recebia um telegrama trazendo notícias de Tom era um dia ganho. Era como se estivesse vivendo com a respiração presa, sobrevivendo dia após dia.

Ela pegou um livro, deitou-se e teimou em ler um pouco. Era uma história de mistério, tinha pegado emprestado da biblioteca para seu pai. Ela não curtia muito histórias de mistério. Ninguém nunca se *arrepende* dos assassinatos, ela chegou a comentar com o pai um dia. Os assassinatos são apresentados como um problema, querida, explicou ele. E costumam retratar a vítima como alguém que não é digno de pena. *Eu* lamento pelas vítimas, disse ela. Detesto quando as encontram com uma adaga fincada no peito e os olhos esbugalhados por envenenamento e coisas do gênero.

E, no entanto, quase não sentia pena de Ted Darby! Eu realmente fiz isso, pensou, admirada. Ocultei um cadáver. Quer dizer, levei-o para longe. E quando voltei — depois de ter feito isso —, ninguém notou nada de errado comigo, nada de estranho. Talvez eu não tenha sentimentos, no fim das contas. Talvez seja impiedosa.

Melhor assim, pensou, enquanto se levantava e começava a se vestir.

Aquele café da manhã, em particular, pareceu-lhe peculiar. Ficou surpresa de ver a família toda alegre, falante. Surpresa no mau sentido. A cena a preocupava. Eram muito inocentes. Naquela manhã, pareciam mais vítimas lamentáveis, alheios à ameaça sombria que pairava sobre eles.

Ela podia até ver, mais vívida do que nunca. Seu pai, parado no píer. Querida, não gosto quando me apressam. Durante toda a vida, ela o ouvira dizer isso. Agora, se fosse acusado, teria de lidar com um processo vertiginoso. Seria bombardeado de perguntas. Ela o imaginava meio confuso, indignado. Imaginava a vergonha avassaladora que ele sentiria quando soubesse das tolices de Bee. Ele e David. Com o Tom seria diferente, pensou. Ele ficaria muito mal pela Bee.

"A mãe do Owen quer fazer uma visita", comentou David.

"Owen? Que Owen?", perguntou o sr. Harper. "Ah, sim! Um bom garoto."

"Ele tem vinte e três anos", disse David. "Serviu dois anos no Exército."

"A mãe dele é doida de pedra", comentou Bee. "Mas até que é simpática. É uma família bacana."

"Eles nadam em dinheiro", acrescentou David, em um

tom complacente. "Rios e rios de dinheiro. E fui eu que os encontrei."

"Puxa, parabéns!", debochou Bee.

"Eu domino a arte de fazer amigos", disse David. "Mãe, os Lloyd me chamaram para almoçar com eles hoje. Tudo bem por você?"

"Tudo ótimo, querido", respondeu Lucia. "Você tem camisa limpa?"

E então se dirigiu à cozinha para conversar com Sibyl.

"Se o rapaz da geladeira não vier hoje", disse Sibyl, "não teremos nada no domingo."

Por um instante, as duas ficaram em silêncio, soturnas.

"Acho melhor eu dar uma passada no mercado agora de manhã", prosseguiu Sibyl. "Pego o ônibus das nove, depois cuido da casa."

"Pode deixar que eu cuido das compras, Sibyl."

"Não, senhora. É sábado. Vou agora cedo e volto a tempo de passar as roupas da srta. Bee." Ela pensou um pouco. "Vinte dólares dão conta, senhora."

"Eu chamo um táxi", disse Lucia. "Pede para ele esperar por você, que eu pago por hora. Não vai deixar ele fugir!"

Bee queria passar no centro também, e foram as duas no mesmo táxi. David já tinha saído e o velho sr. Harper estava fazendo sua caminhada. Lucia colocou um avental e estava começando a lavar a louça do café quando o telefone tocou. Ela enxugou as mãos e foi atender.

"Por favor, a sra. Holley", disse um homem, com voz abafada.

"É ela", disse Lucia.

"Sou eu, Donnelly. Gostaria de falar com você agora de

manhã, sra. Holley. Coisa rápida. A que horas eu poderia fazer uma visita?"

"Ah...! É que... É melhor você não vir *aqui*."

"Bem, preciso falar com você... Que seja em outro lugar, então."

"Não sei... Não vejo como..."

"Na estação de trem, que tal? É onde eu estou."

"Não posso. Não posso sair agora."

"Peço desculpas por incomodá-la", disse ele.

"Não pode falar por telefone mesmo?"

"Não é lá muito aconselhável falar por telefone."

"Não vejo *como* eu poderia encontrá-lo agora, *onde quer que seja*."

"É importante", persistiu ele. "Ou eu não estaria importunando. Não há nenhum lugar nas redondezas onde poderíamos conversar por uns minutos?"

"Espera", disse ela. "Deixa eu pensar... Temos uma edícula aqui. Se vier pela rodovia à beira-mar, pode entrar por uma ruazinha nos fundos sem que ninguém o veja."

"Que horas?"

"Ah... Difícil dizer... Preciso arrumar uma brecha."

"Eu vou agora, então, e espero você lá."

"Espere no andar de cima, por favor. Vou tentar dar uma escapulida o quanto antes, mas *talvez* demore."

"Não se preocupe. Eu espero."

Ela desligou e ficou paralisada junto ao telefone, sem saber o que fazer. É tanta coisa..., pensou. As pessoas que falam que casar e cuidar da casa dá mais liberdade à mulher do que arrumar um emprego são mesmo *idiotas*.

Se a Bee voltar e deparar com a louça na pia... Mesmo meu pai, que nunca suspeita de nada, acharia estranho... Que desculpa eu posso dar para sair assim de casa?

"Ah, não sei, não sei!", pensou alto, desesperada. "Não é da conta de ninguém."

Ela resolveu terminar de lavar a louça, deixou tudo secando. Se me perguntarem, vou dizer que quero um momento só para mim. Vou dizer que quero *pensar* um pouco. Por que não? Há quem faça isso mesmo.

Ela correu para o quarto para retocar a maquiagem e ficou ainda mais irritada ao ver como estava ruborizada e desarrumada. Estava irritada com todos eles, o pai, os filhos, Sibyl. Se quero sair um pouco, não é da conta deles. As camas estão desarrumadas... Preciso fazer a cama do meu pai, pelo menos. Ele é tão certinho. Ficaria chateado se voltasse para casa e encontrasse a cama bagunçada.

Bee deveria fazer a própria cama. Ah, Bee, minha querida...! E pensar que o Nagle e o sr. Donnelly e outras pessoas horríveis, muito provavelmente, leram suas cartinhas bobas... Ainda querem ganhar dinheiro em cima delas...

Naquela mesma tarde, Bee iria embora, talvez passasse semanas fora de casa. E talvez nem assim fosse poupada. Preciso arrumar a cama dela, pensou Lucia. Ou vai achar que não a amo.

Ela não se conteve. Arrumou a cama de David também. Aproveitou e deu um jeito no banheiro. David tinha deixado a banheira toda marcada. Ela pegou um punhado do sabão a granel e o pano. Não!, disse a si mesma. Preciso ver o sr. Donnelly e ouvir o que ele tem a dizer. Isto é bobagem.

Mas ela precisava limpar a banheira. Desceu às pressas, segurando o choro, pois ainda queria esvaziar os cinzeiros e ajeitar a sala de estar. Correu pelo quintal e seguiu para a edícula anexa ao píer, com calor, com raiva, esgotada.

Passou pela sala térrea e subiu as escadas. Donnelly a aguardava no patamar.

"Desculpe por fazê-lo esperar", disse ela, sem delongas. "Eu estava muito ocupada de manhã cedo."

"Não precisava correr assim", disse ele. "Você está sem fôlego. Não me importaria em esperar."

"Certo... Por aqui", indicou ela, e conduziu-o até um dos dois quartos da cabana, um quarto espaçoso, parcamente iluminado pela luz das janelas encardidas, com dois sofás abaulados, encostados na parede, tudo coberto por uma grossa camada de poeira.

Lucia sentou-se em uma cadeira de balanço, o espaldar protegido por uma mantinha antimacássar puída e desbotada, e Donnelly continuou de pé.

"Por que as mulheres não andam mais com leques?", perguntou ele.

"Até onde me lembro, nunca tive um", respondeu Lucia.

"Não. Você é muito nova. Tenho essa recordação... Já faz muito tempo... Conheci uma moça francesa em Nova Orleans, morena como você, e ela tinha um lequezinho, roxo, se não me engano. Não sei o nome dessas cores bonitas, suaves."

Ele queria lhe dar um tempo para se acalmar, ao que ela respondeu educadamente.

"Tem lilás, lavanda, violeta."

"São nomes bonitos."

Fez-se um silêncio. Ela balançou a cadeira e o assoalho rangeu. Donnelly estava diante dela, o rosto virado para outro lado, os braços junto ao corpo, impecável em seu paletó escuro, com uma bela gravata verde-oliva.

"Lamento pela dor de cabeça", disse. "Se eu estivesse sozinho nessa, deixaria as cartas com você e fim de papo."

"Bem...", disse ela, soltando um suspiro.

"Avisei o Nagle que você pediu para esperar até segunda. Ele não gostou nem um pouco disso. Fiz o que pude para impedi-lo de vir aqui hoje."

"Não adiantaria nada para ele. Só pioraria a situação."

"É o que ele quer. Quer ficar no seu encalço até você se desesperar e arrumar o dinheiro de uma forma ou de outra."

"Mas não é o que *você* quer, claro!", exclamou ela.

"Não", disse ele.

Ela estava ficando com muita raiva de Donnelly. É um vigarista, pensou, um vigarista nato. Está tentando armar para cima de mim. Está tentando me enganar. Ele... Não sei o que está tramando, só sei que é algo terrível.

"Então o sr. Nagle é o grande culpado por *tudo*?", pressionou ela, com um sorriso forçado.

"Não...", disse Donnelly. "Não é bem assim. Quando ele deu a ideia, não me opus."

"Mas você se arrependeu. A consciência pesou."

"Só Deus sabe o quanto eu gostaria de pôr um fim nessa história", comentou ele. "Mas não tenho como... Nagle é um homem difícil. Estamos para receber uma grana, de uma empreitada... Mas a coisa apertou para o nosso lado, e ele ficou nervoso. Ele gosta de andar com uns trocados no bolso, por precaução."

"Mas *você, não. Você* não quer esse dinheiro, não quer saber de extorsão!"

"Não, não quero. Mas só consigo segurar o Nagle até segunda-feira. Tem certeza de que vai arranjar o dinheiro até lá?"

"Tenho", respondeu ela, sem pensar.

Bee iria embora ainda naquela tarde, e ela teria o domingo para pensar, para traçar um plano.

"Posso vir aqui buscar?", indagou ele. "Ou prefere me encontrar em Nova York?"

"Encontro você em Nova York."

"Que horas é melhor para você?"

"Encontro você em frente à Stern's, na rua Quarenta e Dois, ao meio-dia".

Ela se levantou.

"Só mais uma coisa...", disse ele. "Quatro mil e quinhentos já está de bom tamanho."

"Ah! Como é *gentil* o sr. Nagle!", exclamou ela. "Muito generoso mesmo! Um desconto de quinhentos dólares!"

"Eu dei quinhentos dólares para ele", contou Donnelly. "Disse que foi um adiantamento seu. Era o único jeito de sossegá-lo."

Ela o encarou diretamente, aquele rosto bonito, de ossatura marcada, porém sempre turvo, encoberto por uma sombra.

"Não acredito em você. Não acredito em nada disso."

Ele não falou nada. Ela passou por ele, deixou o quarto e desceu. Mentiroso!, bradou para si mesma. É um mentiroso! Odeio ele!

Ela nunca tinha sentido nada parecido, aquele frenesi espiritual, aquela raiva toda. Foi ele quem me mostrou as cartas.

É para ele que preciso entregar o dinheiro para acabar com a chantagem. Agora vem com essa. Diz que interveio por mim. Mentiroso. Chantagista. Vigarista imprestável. Odeio tanto...

Ela seguiu de volta para casa, tomada pela raiva. Vou até a polícia, pensou. Vou dar um jeito de deixar meu pai de fora. A polícia vai manter as cartas da Bee em segurança, protegendo-a da opinião pública. E vai prender esses homens. Esse homem!

Ela entrou pela porta da frente e Bee surgiu da sala de estar. Assim que viu a filha, lembrou-se de todas as suas pendências. Era como se uma correnteza a puxasse... Dobrar as roupas de Bee, arrumar a mala, preparar o almoço, a familiaridade das tarefas domésticas que dependiam dela.

"Ah, já voltou, querida?", disse ela. "Achou o que você queria?"

"Não", respondeu Bee. "Mas não importa. Não vou para o acampamento, mãe. Enviei um telegrama para a tia Gracie."

"Bee! Mas por quê?"

Bee parou diante dela, delicada e encantadora, mais séria do que de costume, toda de branco.

"Estou muito preocupada com você. E estou chateada... Chocada, na verdade."

"Do que você está falando?"

"Daquele homem. E de como você se comporta com ele."

DEZ

Lucia ficava irritada com seus filhos de vez em quando, e às vezes até perdia a paciência, mas era raro. Dessa vez sentiu raiva.

"Não fale assim", disse, um tanto seca.

"Como você acha que eu me sinto? Como acha que eu e o David nos sentimos?"

"O David não seria tão leviano."

"Ele concorda comigo. Quando percebemos que você tinha saído escondida para encontrar aquele sujeito…"

"Não saí escondida! Não use essa palavra."

"Saiu, sim! Foi só darmos as costas, que você…"

"Tenho uns assuntos para tratar com o sr. Donnelly, e vou vê-lo quando e onde bem entender."

"*Que* assuntos?"

"Não preciso dar satisfação a você", retorquiu Lucia. "Cansei dessa conversa. Você vai para o acampamento, como combinado…"

"Não! Só vou se você me prometer que não vai mais ver aquele homem. Nunca mais."

"Como se atreve a falar assim? Até parece que não confia na sua mãe!"

"Encontrei o David no centro", disse Bee, com uma voz fria e impassível, "e o amigo dele, o Halford, deu uma carona para a gente. Você não estava em casa, e o David imaginou que talvez tivesse saído para dar uma volta de barco. Então fomos conferir. Ouvimos vozes na cabana dos fundos e abrimos a porta..."

"Vocês ficaram escutando?"

"Não. Deixamos vocês lá, escandalizados!"

"Vocês dois estão sendo levianos, então. Chega desse assunto!"

"A questão é que você tem um compromisso com o papai..."

"Chega!", bradou Lucia, e com isso deixou Bee falando sozinha e subiu para o quarto.

Eu não deveria ter falado assim com ela, disse a si mesma. Foi vulgar de minha parte. Terrível. Agora já foi, não importa. Quem diria, os meus próprios filhos se virando contra mim. Meu David... Não creio. Vou conversar com ele agora mesmo.

E, no entanto, não saiu do lugar.

Não tem cabimento falar com o David sobre uma coisa dessas, pensou. Sobre me encontrar com um homem. Não tem o menor cabimento. Só não quero que fique "escandalizado" comigo. É verdade, eu me encontrei com o sr. Donnelly na edícula, mas foi só para trocar uma palavrinha rápida, resolver uns assuntos...

Então se lembrou dos assuntos que tinha para resolver com o sr. Donnelly. Ah!, lamentou em seu íntimo. Que seja! Que fiquem escandalizados, exasperados... Qualquer coisa era melhor do que saberem da verdade. David jamais superaria, pensou ela, se soubesse que a irmã tinha escrito aquelas cartas para o Ted Darby. E a Bee, então... Jamais superaria se soubesse que aquele homem não dava a mínima para ela. Que pretendia ganhar dinheiro com ela.

Prometi arrumar o dinheiro até segunda, pensou ela. O sr. Donnelly disse que, se eu não cumprir o prazo, Nagle vem atrás de mim, e ele não tem como fazer nada a respeito. Não posso deixar chegar a esse ponto.

Ou seja, preciso do dinheiro. Quatro mil e quinhentos dólares. Tenho uns oitocentos na conta, e mês que vem cai o cheque do sr. Fuller, do arrendamento da horta. Mas preciso pagar o aluguel e a comida e o depósito dos móveis, e todo o resto. Minhas joias... Não sei quanto valem. Milhares, talvez. Ou talvez não.

E aquelas pessoas que fazem empréstimos? É isso! Ela se lembrou de uns anúncios que tinha visto no jornal, umas chamadas que tinha ouvido no rádio. Privacidade, diziam. É só assinar.

Sei que é tolice, que é errado dar dinheiro a chantagistas. Mas, paciência. Preciso de *tempo*. Tempo para tirar a Bee daqui. Tempo para... fazer alguma coisa. Só não sei o quê. Se eu conseguir manter distância de Nagle, nem que seja por um tempinho, talvez o jogo vire. Talvez ele precise dar no pé. Foi o que disse o sr. Donnelly.

Ela foi tomada por uma espécie de febre. Esqueceu que estava brava com Bee, e mal podia esperar pela segunda-feira, para pegar o dinheiro, acertar-se com Nagle e ter paz. Por um tempinho, que fosse.

Alguém bateu à porta.

"Quem é?", perguntou ela, com um tom incisivo pouco habitual.

"Sou eu." Era a voz de David.

"Está precisando de alguma coisa, David? Estou com dor de cabeça."

"É importante", disse ele, e ela abriu a porta.

"Se for para me importunar, David...", ensaiou ela.

"Não, não é. Acho que você está fazendo besteira, se envolvendo com aquele sujeito, mas comentei com a Bee que não devia ser nada sério. Só diversão."

A calma extrema dele era tão exasperante e tão humilhante quanto a indignação de Bee.

"Não vou permitir que um garoto de quinze anos fale assim comigo", protestou ela. "Sei o que estou fazendo..."

"Está bem! Está bem!", disse ele, querendo apaziguar a situação. "Vim avisar que a sra. Lloyd está na porta."

"A sra. Lloyd?"

"A mãe do Owen. Ela tem outro filho, mais ou menos da minha idade, e uma filha também. É uma família bacana. Eles têm dois carros, um chofer e uma lancha enorme!"

"O que ela quer?"

"Ah, imagino que só queira bater um papo."

"Não posso vê-la agora. A essa hora da manhã... Ainda nem me troquei."

"Você está ótima", disse David. "Ela nem vai reparar."

"Não, agora não posso! Eu... Fala para ela que mais tarde eu faço uma visitinha."

"Mãe, ela está *aqui em casa*! Não posso chegar para ela e dizer que você não vai descer."

Agora o David está escandalizado, e quem poderia culpá-lo? Ando estranha mesmo, pensou Lucia.

Ela mudou a postura no mesmo instante.

"Será um prazer receber a sra. Lloyd, querido. Já desço."

A sra. Lloyd era uma mulher esbelta, com um toque despretensioso de ruge nas maçãs salientes do rosto e o cabelo claro preso em um coque cheio e displicente na altura da nuca. Vestia uma blusa branca folgada, com punhos que cobriam boa parte de suas mãos, uma saia cinza, drapeada, e sandálias verde-esmeralda. Tinha uma voz suave e um sorriso afável, triangular. Parece um gato, pensou Lucia. Uma mãe gata, que deixa os filhotes passarem por cima dela.

"São tempos *sombrios*. Eu não deveria aparecer assim, de repente", comentou ela. "Mas Owen, Phyllis e Nick insistiram, e fazia tempo que eu queria dar uma passadinha aqui. Não dou conta…" Ela fez uma pausa. "Não sei o que tanto me ocupa", comentou, admirada.

"Os dias passam voando", disse Lucia.

"Não é? O que acha de almoçar comigo no Iate Clube qualquer dia desses? É um lugar muito agradável. A gente senta na grama — se não estiver *chovendo*, claro —, e trazem essas bandejinhas com peixes. Peixes *pintados* à mão, sabe? É uma moça incrível que faz. Ela sustenta a mãe e uma tia-avó, moram em um chalezinho, e ela pinta de tudo. Você manda as peças para ela, ou ela vem em casa. Como eu não tinha nada para enviar, improvisei um ateliê na varanda, e ela pintou uns peixinhos adoráveis em tudo quanto é canto. Nas mesas, nas paredes… Ela também pinta flores, se você pedir. Outro dia, fez um retrato enorme de um cavalo para a sra. Wynn, meio exagerado até, eu achei, para pendurar na lareira. Você pinta, sra. Holley?"

"Ah, não. Eu, não", respondeu Lucia, mais tranquila, contente com aquela visita agradável.

"Eu também não, mas adoraria. Ou tocar piano, ou algo que o valha. Quando meus filhos eram pequenos, estudavam na Dame Nature e tocavam em uma pequena orquestra. Todos eles. Seria lindo se continuassem tocando em orquestra a vida toda, não acha? Enfim, o que me diz de um almoço no Iate Clube?"

"Seria um prazer", disse Lucia.

"Amanhã, que tal? Eles servem *brunch* de domingo. David comentou comigo que seu pai mora com vocês. Seria uma ótima companhia, e o clube tem um bar. Ele iria gostar, não acha?"

"Com certeza."

"Podemos passar para pegar vocês amanhã, então? Cabemos todos na perua. Meio-dia, que tal? Já tentei aproveitar as manhãs de domingo para dormir até tarde, mas não consigo. Acordo com tanta fome. E tem seu encanto também, perambular pela casa quando está todo mundo dormindo. O que acha de chamarmos o investigador da polícia? Se é que gosta dele, claro."

"Que investigador?"

"O tenente Levy. Acho ele um doce. E seria bacana se fosse outro homem. Ainda bem que aquele caso macabro foi resolvido, não é mesmo? O caso do homem na ilha Simm, digo."

"Resolvido...?", perguntou Lucia.

"Prenderam o assassino. Fiquei *tão* contente! A Phyllis tem só dezenove anos, sabe? Não gosto nem de pensar que tinha um assassino na vizinhança.

"Você sabe quem foi que prenderam?"

"Estou por dentro dos bastidores! Recebemos o tenente Levy ontem para uns coquetéis e ele contou tudo. Foi um homem terrível, um tal de Murray. Do submundo, sabe? Era inimigo do coitado do Darby e vieram para cá no mesmo trem. Em plena chuvarada, dá para acreditar? Fiquei bem surpresa, porque *eu* achava que ele tinha sido assassinado por uma mulher."

"Sério?"

"Sério. O Nick foi até a ilha com um amigo outro dia. Meninos dessa idade são terríveis, não são? E encontrou uma lista por lá, entre os juncos."

"Uma lista?"

"Uma lista de mercado. Dessas bem patéticas, sabe? Queijo ralado, dois selos... Coisinhas assim. Você logo vê que é uma mulher *de bem*, que não mexe com contrabando, pela contagem de selos e tal. Imaginei que pudesse ter chegado ao limite e perdido a cabeça."

"Muito interessante", comentou Lucia. "Adoraria dar uma olhada nessa lista, se possível."

"Entreguei para o tenente Levy. Poderia ser uma pista, não acha?"

"Claro, claro!", disse Lucia.

Deve ser uma das minhas listas, pensou. Uma lista antiga. Deve ter caído do bolso quando puxei o lenço. E agora está nas mãos do tenente Levy. Ele vai acabar ligando os pontos, vai saber que estive por lá.

Mas prenderam um homem depois de encontrarem a lista. Não devem ter dado muita importância, então.

"Esse tal de Murray que prenderam...", inquiriu ela. "É um criminoso?"

"Um criminoso de carteirinha! Ele tinha acabado de sair da prisão. É um traficante... E traficantes deixam um rastro de destruição por onde passam, não é mesmo?"

"É verdade!", disse Lucia, a sério.

"Fiquei bem surpresa", prosseguiu a sra. Lloyd. "Tinha certeza de que aquelas duas mulheres estavam envolvidas."

"Que duas mulheres?"

"Ah, não contei? Na manhã em que mataram o pobre sujeito, eu tinha acordado bem cedo, umas cinco e meia, e estava fazendo hora na varanda, quando vi uma lancha... Uma lancha pequena, do estilo da sua, sabe? Com duas mulheres em pé, brigando."

Não viu, não!, pensou Lucia. Se alguém mais estivesse de lancha, eu teria visto. No mínimo, teria escutado. Mas não havia ninguém. Posso jurar.

A sra. Lloyd se levantou.

"Mal posso esperar pelo *brunch* amanhã", disse. "Com você, seu pai e seus dois filhos. Posso convidar o investigador da polícia, então?"

"Ah, sim! Ele é muito simpático mesmo", comentou Lucia.

David não almoçou em casa, e Lucia sentou-se à mesa com o pai e a Bee, em devaneio. O *brunch* dominical da sra. Lloyd tinha tudo para ser o suprassumo dos suprassumos. Ela imaginou todos sentados no gramado, à sombra, segurando bandejas com peixes pintados à mão, em vermelho e dourado, e a Bee de vestido azul, e o céu em puro azul, e o mar azul profundo. Meu pai vai gostar, pensou. E a Bee... É exatamente o que ela precisa. Owen estará por lá, e a filha de dezenove anos, e ainda mais gente, muito provavelmente. Talvez marque o início de um verão feliz para ela.

"O que você achou da sra. Lloyd?", perguntou Bee, em um tom frio e formal.

"Gostei muito dela. *Muito* mesmo. Acho que nunca simpatizei tanto com alguém assim de cara."

"Não acho ela tudo isso", disse Bee, um pouco surpresa, ainda com frieza. "Tem um bom coração, mas é muito bobinha. E imprudente também."

"Imprudente?", repetiu o sr. Harper. "Que palavra pesada, querida..."

"Atrapalhada, vai", disse Bee. "Outro dia, quando esbarrei com ela no centro, ela perguntou se eu já tinha visto o filme *Nossa vida com papai*. Respondi que não, e ela comentou que tinha assistido na semana anterior e quis me contar o que acontecia. Mas não era *Nossa vida com papai*. Era a história daquela peça chata que vi com a Sammy antes de nos mudarmos para cá."

"Bem", disse o sr. Harper, "a julgar pelas peças que produzem hoje em dia, não culpo a moça pela confusão."

"Ah, francamente, vô!"

Ela sempre comprava o debate com ele. Defendeu o teatro moderno com prontidão, e o sr. Harper, igualmente entusiasmado, descreveu e exaltou as peças que tinha visto em Londres, na juventude. Lucia esperou por uma brecha, impaciente.

"A sra. Lloyd convidou a gente para um *brunch* amanhã no Iate Clube", anunciou. "Ela conta com a sua presença, pai."

"A minha presença?" Ele deu uma risadinha. Estava contente.

"Acho que vai ser muito legal", disse Lucia.

"Bem, uma coisa é certa, os Lloyd sabem se divertir", comentou Bee. "E são populares também. A casa está sempre movimentada, com gente entrando e saindo, o telefone tocando..."

"Ah, esse estilo de vida não faz muito o meu tipo", disse o sr. Harper.

"Eu curto", disse Bee. "Esta casa parece mais um cemitério."

Uma indireta para mim, pensou Lucia. Já entendi. Sei que não sou popular.

"Eles vão passar aqui ao meio-dia", disse ela.

Estava decretado, então. Ela iria deixar Murray permanecer na prisão.

Só um fim de semana, disse a si mesma. Para a Bee estabelecer uma relação com os Lloyd. Para que a conheçam melhor. Assim, caso escutem alguma coisa mais para frente, a respeito do Ted Darby, ou o que quer que seja, vão saber... Só um *brunch*... Depois conto tudo para o tenente Levy.

O tal do Murray já cumpriu sentença antes. Um dia ou outro a mais não vai fazer diferença para ele. É um criminoso, afinal. Ser um traficante é tão ruim quanto ser um assassino. É assassinar a alma das pessoas.

Não, não posso pensar assim. Como se fosse um filme B. Não sei nada sobre o Murray, exceto pelo que a sra. Lloyd contou, e talvez ela seja meio... imprudente. Tudo o que sei é que ele foi preso por um crime que não cometeu. Eu poderia tirá-lo da cadeia. E não estou fazendo nada a respeito.

É pecado, disse a si mesma.

Um carro se aproximava. Alguém estava na entrada. A polícia!, pensou. Seguiram o rastro da lista de mercado.

"Eu atendo, Sibyl!", anunciou ela, e afastou a cadeira.

Um pequeno furgão de entregas estava parado em frente à casa, e o motorista, um homem corpulento de macacão, estava recostado no parapeito da varanda.

"Holley?", perguntou.

"Sou eu."

"Entrega", disse ele, e tirou do veículo um fardo enorme, embrulhado de qualquer jeito em papel pardo.

"Entrega de onde?", indagou Lucia.

"Não sei. Só me disseram que era para a sra. Holley."

Ele entregou o pacote a Lucia, que ficou surpresa com o peso. O rapaz deu-lhe as costas, entrou no furgão e foi embora.

"O que é isso, mãe?", inquiriu Bee, a postos do lado dela.

"Deve ser algo que a Sibyl encomendou. Vou deixar na cozinha. Pode voltar para a mesa e terminar seu almoço."

Mas Bee a seguiu até a cozinha e tratou de desamarrar o pacote assim que Lucia o colocou na mesa.

"Mas que coisa!", bradou Lucia. "Volte para a mesa, Bee!"

Sibyl estava de pé à beira da janela, em silêncio.

"Meu Deus!", exclamou Bee. "É um presunto! Uma peça enorme de presunto!"

"Foi meu sobrinho que mandou", disse Sibyl. "Ele comentou comigo que mandaria um presunto assim que desse."

"E não precisou de selos vermelhos?", indagou Bee.

"Tenho bastante selo, srta. Bee", respondeu Sibyl, calmamente.

Bee seguiu a mãe até o corredor.

"Espero que a Sibyl não esteja envolvida com contrabando", comentou. "*Detesto* essas coisas."

"Bee, até parece que você não conhece a Sibyl", disse Lucia.

"É que é muito estranho... Uma peça enorme de presunto chegando assim, do nada, sem cobrarem selos vermelhos, dinheiro ou afins."

Lucia se sentou de volta à mesa. Não sei de onde veio esse presunto, pensou. E não vou quebrar a cabeça com isso. Não mesmo.

ONZE

QUERIDO TOM,

Conhecemos uns vizinhos bacanas, os Lloyd. Mérito do David, claro! Ele puxou a você, faz amigos com facilidade. A sra. Lloyd nos convidou para um *brunch* em família amanhã, no Iate Clube, e tem tudo para ser bem divertido. Ela comentou que servem a comida em bandejinhas com peixes pintados à mão. Uma moça que faz...

Quanta ladainha!, pensou Lucia. Como sou capaz de escrever tanta bobagem para o Tom, quando ele está em plena guerra? Não sei o que dizer, na verdade. Se ele soubesse o que eu fiz... O que estou fazendo *agora*... Deixando um homem inocente ser preso.

É pecado. O que fiz com o Ted Darby foi ilegal. Eu me precipitei. Mas, enfim, é pecado. Configura falso testemunho contra o próximo, saber a verdade e não se pronunciar. E se a sra. Lloyd estiver errada e o Murray não for um traficante criminoso? E se for um homem perfeitamente inocente?

Ela precisava terminar a carta, escrever o que quer que fosse. Mas começou a ter visões muito estranhas. Tom estava no convés de um navio em alto-mar, e ela podia ver o rosto embrutecido dele voltado para o céu reluzente, para as estrelas do sul. Ela sabia, de alguma forma, que ele não estava pensando nela, mas não passava disso. Jamais seria capaz de compreender os pensamentos de um homem cercado pela batalha e pela morte. Ela sentiu uma distância desoladora entre eles, como nunca antes.

Foi aquilo que eu fiz..., pensou. Criou um abismo entre nós.

Ela retomou a carta, e a escrita fluiu rápido, ainda que não fizesse muito sentido. Já era tarde. Ela tomou um banho, deitou-se e apagou a luz. E então teve visões com Murray. Ele chacoalhava as barras da cela, aos berros. Sou inocente aos olhos de Deus! Sou um homem inocente! Estava de cabelo raspado e vestia um uniforme cinza sem corte. Sou inocente!, gritava. Mas ninguém acreditava nele.

E se ele se matar?, pensou ela, e sentou-se de sobressalto na cama, horrorizada. O detento se enforcou na cela ontem à noite. O detento cortou os pulsos. O detento surtou.

Preciso falar com o tenente Levy agora mesmo, pensou ela. Mas preciso contar para o meu pai primeiro. Depois telefonamos para o tenente Levy, e soltam o Murray hoje à noite ainda.

Ela foi até o quarto do pai e se deteve à porta, descalça, de pijama, o cabelo preto solto, escorrendo pelos ombros. De repente, ela o ouviu tossir de leve, uma tosse idosa. Uma tosse solitária. Será que passava as noites em claro, pensando na esposa, que dormira a seu lado por vinte anos? Será que rememorava seus dias de vigor e agito, quando não era solitário?

Não, não posso!, ela disse a si mesma. Não a essa hora. Melhor não.

Então voltou para a cama e decidiu que só tomaria uma atitude depois do *brunch*. Certo!, disse a si mesma. Vou arriscar, torcer para que o Murray não se desespere. Estou colocando uma vida humana em jogo. Parece coisa de filme, mas é verdade.

No domingo à tarde, vou contar tudo para o tenente Levy. Não, não vou. Segunda de manhã, vou passar na financeira, e se não me emprestarem o suficiente, vou penhorar minhas joias. Preciso recuperar as cartas antes que a polícia interceda. Já vai ser difícil o bastante, com o choque e o desgosto do meu pai. Não vou deixar a Bee cair em desgraça. Sinto muito pelo Murray. Sinto muitíssimo...

As visões de Murray a perturbaram tanto, que ela não conseguiu dormir. Levantou-se e tomou duas aspirinas. Agora entendo por que as pessoas começam a usar drogas, pensou. Não é por tristeza. Eu suportei a dor quando o Tom foi embora, quando minha mãe morreu. É o sentimento de culpa, a preocupação vergonhosa que corrói.

Ela acordou mais tarde do que de costume, vestiu-se e desceu. Sibyl já estava na cozinha.

"Deixei o presunto de molho", disse Sibyl. "Lá pelas dez, coloco no forno. Ainda temos umas folhas de louro em um pote. Temos um pouco de açúcar mascavo. Posso usar um dedinho do xerez, senhora?"

"Mas é claro", disse Lucia.

Ela estava encostada na porta, com os olhos pesados, angustiada. Preciso saber, pensou. Seria covarde de minha parte não perguntar.

"Sibyl", ensaiou ela. "Foi seu sobrinho mesmo que enviou o presunto?"

"Não, senhora", respondeu Sibyl, sem a menor afetação.

Lucia sentiu que precisava investigar mais a fundo.

"Bem, você faz alguma ideia de onde veio, Sibyl?", inquiriu ela.

"Em cavalo dado não se olham os dentes, senhora."

"Verdade...", disse Lucia, e se retirou para a sala de jantar.

A família recebia três periódicos aos domingos: um jornal assinado especialmente para o sr. Harper, outro a pedido de David, pelas tirinhas, e o jornalzinho da comunidade. Lucia folheou o jornalzinho às pressas e por fim encontrou o que procurava.

> O Departamento de Polícia de Horton prendeu Joseph "Miami" Murray por ligação com o assassinato de Theodore Darby na ilha Simm... Cinco anos atrás, Darby figurou nas notícias como distribuidor de pornografia... "Miami" Murray já tinha duas passagens pela polícia, por tráfico de drogas...

Parece uma dessas tirinhas que o David lê, pensou ela. É puro crime. Por que pessoas como meu pai e a Bee haveriam de sofrer para inocentar um homem como o Murray?

Essa resposta ela sabia desde os dez anos de idade. Porque dizer a verdade era certo, e ocultar a verdade era errado. Porque deixar uma pessoa ser acusada injustamente era errado, pelo que quer que fosse. Simples assim. *Não darás falso testemunho contra o teu próximo.*

Aquele traficante não é meu "próximo"!, disse a si mesma. E não dei falso testemunho contra ele.

Ela não conseguiu comer nada. Tomou duas xícaras do café que Sibyl tinha levado à sala e voltou para a cozinha.

"Sibyl, eu gostaria de mais uma xícara de café", disse ela.

"Nunca a vi tomar três xícaras, senhora."

Nunca tomei mesmo, pensou Lucia. Nunca tive vontade. Mas hoje eu quero... ser simpática. Quero ser uma companhia sorridente e agradável. Quero que os Lloyd nos vejam como uma família bacana.

Bacana?, pensou ela. Meu pai matou o Ted Darby, a Bee escreveu aquelas cartas para ele, e eu o levei até a ilha, e agora estou negociando com chantagistas. Se alguém ficasse sabendo... Viraríamos párias.

Ninguém vai ficar sabendo, pensou ela. Não vou pensar mais no Murray hoje. Já tomei a minha decisão, e não vou voltar atrás. Não vou pensar.

Lucia estava indecisa sobre o que vestir para o *brunch*. Essa era uma questão que, via de regra, quase nunca a preocupava, mas agora ela não tinha certeza de nada. Nem sequer se sentia como a sra. Holley.

Quero ficar bonita, pensou. Nada muito formal. E com isso em mente, lembrou-se de uma foto que tinha visto em uma revista, como inspiração. Vestiu uma blusa preta de gola alta e uma saia branca, olhou-se no espelho e ficou contente com o porte gracioso e soldadesco que o traje lhe conferiu.

O sr. Harper a aguardava na sala de estar.

"Já que me convidaram, é melhor eu ir, não é mesmo?", brincou. "Mas passei da idade de curtir refeições ao ar livre." Ele deu uma risadinha. "Prefiro o meu chá sem formigas."

Lucia riu junto. Ah, querido!, pensou ela, com uma pontada

no coração. Você está morrendo de vontade de ir. Está todo arrumado, galante.

"As crianças já estão prontas, será?", perguntou ela.

"Estão, sim. Estão na varanda, lendo o jornal", disse ele. "Nada como uma excursão em família, não? Nós quatro, juntos."

Ele se orgulha de nós, pensou Lucia, e beirava o insuportável o tanto que a comovia. Tudo naquele dia lhe causava dor, e com a dor vinha um sentimento de triunfo insolente. Era um presente para a sua família, um presente que ela tinha comprado, a um preço que mal conseguia conceber. Jamais haveria outro dia como aquele, era uma certeza desoladora para ela. Aquela cena adorável jamais seria revisitada.

A família Lloyd estava banhada em uma luz suave. A sra. Lloyd, com seu cabelo esvoaçando sobre o ruge das bochechas, estava sentada entre os filhos, ostentando seu doce sorriso de mãe gato, e eles eram carinhosos com ela — Owen, uma menina bonita e jovial e um rapaz faceiro de catorze anos, todos muito bonitos, educados e tranquilos. Mais tranquilos, educados e carinhosos que David e Bee. Aposto que tiveram uma criação melhor, pensou Lucia. Mas acho que David e Bee chamam mais atenção, de certa forma.

Era um *brunch* sofisticado. A mesa estava posta em um terraço, com vista para a água cristalina do mar, e o chofer dos Lloyd trazia os coquetéis prontos em uma garrafa térmica.

"O bar só abre à uma", explicou a sra. Lloyd. "E, para falar a verdade, os coquetéis que a gente faz em casa costumam sair melhores, não acha?"

"Concordo", respondeu o sr. Harper. "Em gênero, número e grau."

"*Ótimo!*", disse a sra. Lloyd. "Parece que o tenente Levy não veio, no fim das contas. Bem que ele comentou que não tinha certeza."

"Vida de policial não é fácil", disse o sr. Harper, recitando uma ópera inglesa de sua época, e ele e a sra. Lloyd deram risada.

Lucia poderia ouvi-los e observá-los por horas a fio. Que dia mais agradável, disse a si mesma. David conversava com o caçula Lloyd com certa condescendência, ainda que amigável. Bee e Phyllis batiam papo. Mas o devaneio foi interrompido quando Owen sentou-se a seu lado e tentou puxar assunto.

Falava de si. Comentou que ainda voltaria para Harvard, para cursar o último ano da faculdade, e que já tinha um emprego à sua espera em Nova York.

"Uma oportunidade e tanto! O salário inicial é três mil, mas as possibilidades são infinitas."

"Nossa, muito bom!", disse Lucia.

E ele continuou falando sem parar... Era admirável que alguém tão jovem pudesse ser tão entediante. Falou de sua fraternidade, do histórico no exército, enumerou os troféus de veleio que ganhara. Mas que rapaz egoísta!, pensou Lucia. Até que, de repente, ocorreu-lhe que ele estava falando tudo aquilo por um motivo. Estava apresentando suas qualificações enquanto pretendente de Bee. Ah, não!, pensou Lucia, em pânico. Bee só tem dezessete anos, e ele é muito novo também. Não! Ele não pode...

"O tenente!", anunciou Phyllis Lloyd.

O *brunch* já tinha terminado àquela altura, e todos caminharam juntos até a praia, uma horda pacata e amistosa. Na orla, dispersaram-se. Os adolescentes se afastaram, a sra. Lloyd fez companhia ao sr. Harper, e Levy sentou-se na areia, ao lado de Lucia. Ela não o queria ali. A presença dele a fez lembrar-se de tudo que queria esquecer. Ela queria que aquele dia fosse um interlúdio de sol e céu aberto, e Levy a fez pensar em Murray, na cadeia.

Conversava com ela em um tom calmo e afável, sobre gaivotas, narcejas e maçaricos.

"Você entende bastante de pássaros!", comentou Lucia, educadamente.

"Ah, desde que cheguei aqui, têm despertado meu interesse. Estou estudando as aves costeiras. Observo, tiro fotos..."

Que interessante!, pensou Lucia. Nem parece um policial.

"Você *gosta* de trabalhar na polícia?", indagou ela.

"Nem sempre. Estudei para ser advogado. Passei no exame e tudo. Mas o trabalho policial acabou me cativando."

"Eu jamais conseguiria, parece horrível", comentou Lucia. "Caçar pessoas, tentar puni-las."

"A função da polícia é proteger, sra. Holley, e não punir. Não compete a mim punir ninguém. Cuido para que as leis sejam cumpridas e ponto."

"Não acho as leis tudo isso. Às vezes são ridículas e injustas."

"É tudo que temos, sra. Holley", disse ele. "É o que mantém a civilização de pé. Sejam leis religiosas ou civis... O importante é que sejam de comum acordo, e todos entendam, de antemão..."

"Não entendo as leis", disse Lucia.

"Foi você quem as estipulou, sra. Holley. Se por acaso não aprova alguma lei, tem o direito de lutar para revogá-la."

"Eu sei, eu sei", aquiesceu ela, embora no fundo ainda se rebelasse.

"As mulheres, mais do que ninguém, deveriam valorizar o governo regido por leis", disse ele. "É o que protege você e a sua família de pessoas agressivas e predatórias."

"Claro, claro, você tem razão", disse Lucia.

Ela não gostava de ouvi-lo falar de suas preciosas leis, e parou de prestar atenção. Deitou-se, repousou as mãos na areia e se permitiu relaxar. Dali podia ver David e Bee na ponta da praia, com os filhos da família Lloyd e outros jovens que eles conheceram no clube. Podia ouvir a voz do pai, em uma conversa animada com a sra. Lloyd. Belas amizades, pensou ela. Fico contente pela ocasião. Era um imenso conforto para ela ter um dia como aquele, sossegado, iluminado. Um mimo. Independentemente do que acontecer comigo, pensou, sei que os Lloyd vão oferecer suporte para a Bee e o David e o meu pai.

Lucia estava convicta de que era o fim da linha para ela. Não sabia exatamente como seria sua vida dali para frente, só sabia que, em poucas horas, deixaria aquele mundo ensolarado para mergulhar na escuridão. E não estava assustada, sentia-se apenas resignada e cansada.

Até que não é de todo mau escutar o zunido do tenente Levy, disse a si mesma. Acho que ele simpatiza comigo. Jamais suspeitaria que infringi suas preciosas leis. Ele é... Se parar para pensar, ouvindo-o falar assim, parece uma versão adulta do David. Talvez o David vire advogado. Ou policial.

De repente, Lucia se deu conta de que Levy estava em silêncio fazia um tempo e, como quase toda pessoa tímida, ela temia o silêncio. Virou-se para ele e notou que deixava escorrer areia entre os dedos de sua pequena mão. Estava cabisbaixo, e o perfil lhe conferia um semblante sério, melancólico até.

"Adoraria ver um flamingo um dia", disse ela, ansiosa. "Deve ser lindo."

"São muito bonitos mesmo", comentou ele, levantando o rosto. "Vi na Flórida."

"Ah, você já esteve na Flórida?"

"Fui para lá atrás de um homem", disse ele. "Mas gosto mais das aves daqui. Dos maçaricos. Você costuma ir até a ilha Simm, sra. Holley?"

"Não. Fui... Fui só uma vez."

Ela torceu para que sua hesitação não tivesse passado desapercebida.

"Fizemos um piquenique", acrescentou, "mas não curtimos muito."

"Há muitos maçaricos por lá", comentou ele. "Vocês conseguiram encontrar um lugar aconchegante para o piquenique, sra. Holley?"

"Ficamos em uma pequena extensão de areia mesmo, nada de outro mundo.

"Boa parte da ilha é pantanosa..."

"Pois é", disse Lucia.

"Mas tem umas enseadas. E imagino que não seja muito difícil navegar pelos charcos."

Ela estava com receio de olhar para ele. Será uma emboscada?, pensou.

"Mas por que alguém iria querer fazer isso?", indagou ela.

"Observar aves", explicou ele.

"Ah, sim! Claro."

Acho que não é nada, pensou ela. Ele parece ser um homem gentil, não me acuaria assim. Ainda mais em um evento social como este! Ele está aqui para relaxar e se divertir. Não veio no papel de investigador da polícia.

Mas, de fato, era um investigador da polícia.

Ele ofereceu um cigarro. Acendeu um para cada um.

"Minha empregada anda batendo de frente comigo", disse ele, em tom de desabafo. "Quer que *eu* vá no mercado para ela."

"Isso não está certo", disse Lucia.

"Diz ela que recebo tratamento especial, que, sempre que vou ao mercado com a lista, dou conta de comprar as coisas que ela não consegue."

"Não duvido. Sendo da polícia..."

"E... Espero que não seja verdade, mas diz ela que não me cobram tantos selos. Seria um tanto antiético, creio eu."

"Realmente..."

"Só para saber... Quantos selos costumam cobrar por duzentos gramas de queijo Royal Grenadier?"

"Doze selos vermelhos", respondeu Lucia.

"E essa marca é boa?"

"É, sim! É a nossa favorita."

Ele se virou bruscamente.

"Certo", disse.

Mas não olhou para ela. Era como se já tivesse escutado o bastante.

Estava mesmo tramando algo, no fim das contas. E ela tinha dito algo que o deixara de orelha em pé.

DOZE

"Preciso dar um pulo em Nova York agora de manhã", disse Lucia na mesa do café.

Fez-se um silêncio. Sua família parecia atônita à mesa.

"Por que não avisou a gente antes, mãe?", protestou Bee.

"Não vi necessidade, querida. Vou resolver uns negócios e volto logo."

"Resolver uns negócios?", inquiriu seu pai. "Pretendo ir à cidade mais para o fim da semana. Se quiser, posso cuidar disso para você, querida."

"Não, obrigada, pai. São só umas coisinhas pontuais."

A mesa ficou em silêncio mais uma vez e ela se ressentiu. Outras pessoas vão para Nova York, pensou, e ninguém se espanta. Aposto que a sra. Lloyd vai para Nova York quando bem entende. Lucia imaginou a sra. Lloyd sentada à mesa do café, na casa dela. Crianças, dizia ela, vou dar um pulo em Nova York agora de manhã. Ah, é, mãe?, diziam seus filhos.

"Em que trem você volta, mãe?", perguntou David.

"Ainda não sei ao certo, David. Volto no comecinho da tarde."

"Se definir um horário agora, posso buscá-la de carro."

"É melhor não gastar gasolina com essa crise, David. Eu pego um táxi."

"Faça como bem entender, então", disse ele, severo.

"Mãe", disse Bee, "acho que vou com você."

"Hoje não, querida."

"Quero dar uma olhada em uns casacos, umas jaquetinhas. Você pode resolver seus 'negócios', ou seja lá o que for, e almoçamos juntas depois."

"Marquei de almoçar com a sra. Polk."

"Pelo amor!", exclamou David. "Por que você vai se encontrar com aquela velha rabugenta?"

Lucia se arrependeu de escolher a sra. Polk, uma madame enfadonha, muito culta, que administrava a biblioteca que os Holley tinham apadrinhado em Nova York.

"Achava que ela tinha se mudado para Washington", disse Bee.

Ah, deixem-me em paz, suplicou Lucia, em seu íntimo. Não me façam perguntas, que não contarei mentiras.

"Mas se é só a sra. Polk, não vou atrapalhar", insistiu Bee.

"Ela disse que tem um assunto particular para tratar comigo. Levo você lá qualquer dia desses, Bee."

"Nossa, mas o que a sra. Polk teria para falar com *você*?", inquiriu Bee. "Vocês mal se conhecem."

"Gostaria que vocês largassem um pouco do meu pé", queixou-se Lucia. "Não tenho liberdade nenhuma! Não posso fazer as coisas mais triviais, que ficam em cima..."

Ela parou a frase no meio, ciente de que tinha escandalizado o pai e os filhos. Estou com a paciência no limite, pensou. Sinto muito, mas assim não dá.

"Você pode telefonar para o ponto de táxi para mim, David, por favor?", ordenou com certa frieza, para manter a dignidade.

No trajeto até a estação, a raiva era tudo que ocupava sua cabeça.

Caramba! Não posso nem ir até a cidade, que fazem um escarcéu! Não sou criança, nem idiota. Também não sou escrava. Vou para Nova York quando bem entender, e não vou tolerar interrogatórios dos meus próprios filhos. Deveriam confiar em mim, meu pai também. De olhos fechados.

Mas quando entrou no trem, lembrou-se, com certo espanto, do que deveria estar fazendo. Precisava planejar o dia que a aguardava. Primeiro vou passar no banco, pensou, e tirar as minhas joias do cofre. Depois vou passar na financeira. Se eu não conseguir dinheiro suficiente com eles, vou precisar penhorar minhas coisas para cobrir a diferença. De uma forma ou de outra, vou me encontrar com o sr. Donnelly em seguida, e entregar o dinheiro a ele. Depois vou ligar para o tenente Levy. Não. Preciso alertar meu pai antes. Mas será que eu consigo? Como contar a ele que matou Ted Darby? Vão questioná-lo, e talvez não acreditem nele.

Vão perguntar: por que você se encontrou com a vítima na edícula? Preciso conversar com ele, para resguardar a Bee. Vi uma luz acesa e achei que era um gatuno. Palavra engraçada essa... Tão corriqueira! Um gatuno roubou o cortador de grama. A vizinhança está cheia de gatunos. Pergunto-me se a polícia também usa, se registra o termo nos autos. Fulano de tal, gatuno convicto. Pergunto-me se existem gatunas.

Foco, sua tola. Lembre-se do que isso tudo significa. Eu poderia até convencer o meu pai a não dizer nada sobre a Bee, mas jamais o convenceria a mentir. Ele simplesmente ficaria em silêncio. Sr. Harper, o que foi fazer na edícula? Sozinho, debaixo de uma chuva torrencial? Eu me recuso a responder a essa pergunta, senhor. Seremos obrigados a mantê-lo sob custódia, então, até que nos responda.

E se me prenderem também? Por levar o corpo. As crianças ficariam sozinhas. Sei que a Sibyl cuidaria delas, mas só de pensar na desgraça...

Ah, não pode ser verdade! Coisas assim não acontecem com pessoas como nós. Não posso dizer nada para o tenente Levy. Mas também não posso deixar o tal do Murray passar mais uma noite na prisão. Levar o Ted embora muito provavelmente configura infração. Mas deixar esse tal de Murray na prisão, quando sei que ele é inocente, beira a perversão. É pecado.

Era como uma febre. Vinha um pensamento atrás do outro, e embaralhavam-se no furor do pânico. Assim não vai dar, disse a si mesma. Uma coisa de cada vez. Primeiro, preciso arranjar o dinheiro, para então recuperar as cartas da coitadinha da Bee. Isso é o mais importante. Foco. Não posso me afobar.

Quando o trem passou pelo túnel, ela fitou seu reflexo na janela. Estava consternada. Escolher uma roupa tinha sido um drama. Acabou optando por um terno preto, um pequeno chapéu preto com véu, uma blusa branca e luvas brancas. Sofisticada, pensou ela, com ares corporativos. No entanto, a imagem que via refletida na vidraça escura era um tanto estúpida, o rosto pálido, a blusa com um babado digno de palhaço, o chapéu mais parecendo um poleiro. Sua tola!, disse a si mesma. Se eu não fosse tão tola, não estaria nessa situação.

Ela pegou um táxi até o banco. Fosse tola, fosse palhaça, teria de lidar com isso... Paciência. O homem que a atendeu pareceu espantado com ela, com seu pedido. Outro homem a conduziu até o temível subsolo dos cofres. Um guarda com um revólver no coldre liberou o acesso e esperou do lado de fora, enquanto ela retirava as joias, desacompanhada. Estavam dentro de um envelope de papel pardo, com a inscrição "*Joias da Lucia*" na letra de Tom.

Ah, Tom! Tom! Você deixou tudo tão ajeitadinho para mim, para que eu não ficasse em maus lençóis... caso você não voltasse... Ela deixou escapar um soluço e uma torrente de lágrimas. Lutou contra o choro com todas as suas forças, enxugou o rosto e saiu.

O senhor distinto que a escoltara entregou-lhe um formulário para assinar. "*Obrigada*!", disse ela, e foi embora às pressas.

Ela pegou outro táxi até a financeira, e já não alimentava a ilusão de passar uma imagem sofisticada e corporativa.

"A senhora deseja pagar um empréstimo?", perguntou-lhe um rapaz sonolento, de olhos escuros.

"Gostaria de fazer um empréstimo", ensaiou ela. "Digo, pegar um empréstimo."

"Certo!", disse ele, que se afastou, deixando-a em um saguão majestoso de pé-direito alto, repleto de móveis renascentistas. Uma mulher apareceu e conduziu-a até uma mesa. Era uma moça nova, de bochechas rechonchudas e coradas de ruge, e cabelo grisalho, penteado em ondas discretas.

"Qual seria o valor do empréstimo?", inquiriu ela.

"Ah... Cinco mil dólares", respondeu Lucia.

"É bastante dinheiro", disse a moça de cabelo grisalho. "Onde a senhora trabalha? É senhora...?"

"Holley, sra. Holley. Não estou trabalhando no momento."

"E qual seria a finalidade do empréstimo, sra. Holley?"

"Bem, preciso do dinheiro", disse Lucia.

"Despesas médicas? Hipoteca?"

"O anúncio de vocês diz: sem burocracia."

"Precisamos nos precaver, sra. Holley. Ainda mais no caso de uma quantia alta assim. A senhora tem alguma renda semanal ou mensal?"

"Tenho, sim."

"Qual é a fonte da sua renda, sra. Holley?"

"Meu marido."

"A senhora poderia me informar o nome e a ocupação do seu marido, por favor?"

"Prefiro não passar essas informações. O anúncio diz que vocês trabalham com nota promissória. Então... Eu assino uma nota."

"Qual é sua renda, sra. Holley?"

"Em torno de quinhentos dólares por mês."

"Quanto a senhora acha que consegue devolver por mês?"

"Ah... Cinquenta dólares?"

"A senhora faz ideia de quanto tempo levaria para restituir cinco mil dólares com essas parcelas?"

"Eu sei!", disse Lucia, em voz alta.

"Sinto muito, mas não podemos considerar esse empréstimo, sra. Holley. A não ser que ofereça uma garantia colateral... A senhora possui alguma propriedade? Carro?"

"Tenho um carro."

"Está em seu nome?"

Tom cuidou disso. Vou deixar o carro em seu nome, Lucia. Assim, se um dia quiser vendê-lo ou trocá-lo, não terá problemas. Para caso ele não voltasse...

"Qual é o modelo do carro, sra. Holley? De que ano é?"

Ela precisava manter a pose, embora não tivesse mais um pingo de esperança.

"Por que não fazemos assim?", disse a moça de cabelo grisalho. "A senhora traz o carro um dia, e damos uma olhada. Pode pedir para me chamarem, Srta. Poser."

"O anúncio diz: sem enrolação."

"Precisamos nos precaver, sra. Holley", disse a srta. Poser.

Contra *mim*?, pensou Lucia. Como se eu fosse trambiqueira!

"Sei... E quanto você acha que liberariam para mim, com o carro?", inquiriu ela.

A srta. Poser disse que dependia da condição do carro e de outras variáveis.

"Qual seria o máximo valor possível?", perguntou Lucia.

Se tudo estivesse nos conformes, disse a srta. Poser, talvez chegasse a quinhentos dólares.

"*Quinhentos*?", disse Lucia.

A srta. Poser se levantou.

"A senhora pode trazer o carro quando quiser", disse, em um tom razoavelmente amigável.

Era uma dispensa. Pela primeira vez na vida, Lucia era uma pessoa a ser dispensada, uma pessoa esquisita, incômoda, suspeita. Vir até aqui para tentar arranjar cinco mil dólares... Como ousa?

"Não gostaria de dar uma olhada em umas joias?", arriscou perguntar.

"Não, não. Obrigada", disse a srta. Poser.

Ela estava visivelmente apreensiva.

"Não aceitamos itens pessoais como garantia colateral", explicou.

"Entendi!", disse Lucia. "Bem, obrigada!"

Ela seguiu pela avenida Madison em busca de uma loja de penhores, em vão. Era um prédio mais rico que o outro. Está ficando tarde, pensou. O sr. Donnelly não vai ficar esperando para sempre. Ele vai embora. Ela fez sinal para um táxi e entrou no carro.

"Você conhece alguma loja de penhores pelas redondezas?", perguntou ao motorista. "Que seja confiável?"

"Deixa comigo", disse o motorista.

Ela se sentiu grata por ele não demonstrar espanto, nem mesmo o mínimo interesse. Deve estar acostumado, pensou. Deve saber de duquesas e mulheres da alta sociedade e pessoas assim que penhoram suas joias. Meu pai é que ficaria arrasado. Ele tem todo um repertório de piadinhas sobre o tema, diz que os proletários londrinos penhoram as roupas na segunda-feira e retiram no sábado, e coisas do tipo. Não me perdoaria.

Eu mesma não estou muito contente. Mas não me importo, desde que não sejam grosseiros comigo. Eu não sabia que eu era tão sensível. É repugnante ser sensível assim. Achava que eu era durona. Mas não sou. Não quando me lanço ao mundo. Sou mesmo uma paspalha. Se um repórter me parasse na rua e pedisse a minha opinião sobre a Rússia, ou algo assim, colocaria na legenda: sra. Lucia Holley, Dona de Casa.

De onde vem "dona de casa"? Qual seria a minha designação se morássemos em um hotel? Ninguém usa "esposa", ou simplesmente "mãe". Se você não tem um emprego e não cuida da casa, não é nada, pelo jeito. Quem me dera ser outra coisa! Digo, além de cuidar da casa. Gostaria de ser uma designer, por exemplo. As crianças me admirariam, se eu fosse designer. Talvez o Tom também.

Não! O Tom gosta de mim como eu sou. Mas será mesmo que não posso mudar um pouco, depois que ele voltar? Não penso em bater cartão todo dia. Não, isso o Tom não aprovaria. Eu gostaria de frequentar um escritório ou uma loja de vez em quando, conhecer pessoas de fora. Ter causos interessantes para contar no jantar. Em vez de ser apenas eu, ano após ano...

"Chegamos!", disse o motorista, parando na frente de um estabelecimento na Sexta Avenida.

"Você pode aguardar, por favor?", perguntou Lucia.

"Está bem."

Ela estava tensa. Era uma lojinha esquisita. Uma grade de metal protegia a vitrine, que exibia uma miscelânea caótica de itens, um bandolim, relógios, castiçais, um cachecol de pele, um broche antigo de pérolas em uma caixinha forrada de veludo púrpura. Será que colocam tudo na vitrine?, perguntou-se. Eu detestaria ver minhas coisas expostas. As pérolas da minha mãe e o anel que o Tom me deu. Odeio isso! Odeio! É pior do que levar Ted até a ilha.

A loja tinha uma luz fraca, uma atmosfera estranha. Um homem negro de rosto redondo e camisa de mangas curtas surgiu no balcão. Parecia desdenhoso, e ela adotou uma postura arredia.

"Gostaria de empenhar umas joias", disse.

Ele não falou nada. Ela tirou o longo envelope da bolsa.

Entregou as caixinhas ao homem, e ele virou tudo no balcão.

"Quanto você quer?", perguntou ele.

"O tanto que der."

Os anéis, a pulseira, os fechos, o colar, é pura quinquilharia, pensou ela. Não têm valor ou graça nenhuma. Ele juntou tudo e colocou em cima de uma mesinha junto à janela. Pesou as peças, examinou-as com um monóculo, e ela aguardou no balcão, com um frio na espinha. É minha última chance, pensou. A quantia que ele oferecer é tudo que terei para dar ao Nagle, e nunca que vai ser o bastante! Talvez ele diga: dez dólares. Talvez passe a perna em mim. Não sei. Não me importo.

Ele trouxe as peças de volta para o balcão.

"Belas joias", disse. "Cravação de primeira."

Ela ficou surpresa com as palavras dele, e com o tom também, tranquilo e gentil.

"Estas duas são bem antigas", comentou. "Devem ter valor sentimental."

Lágrimas brotaram nos olhos de Lucia. Só lhe restava ignorá-las e continuar olhando para ele.

"Não seria melhor pegar emprestado um valor menor?", sugeriu ele. "Para poder recuperá-las depois."

Ela balançou a cabeça.

"Não, obrigada", respondeu, hesitante. "Quero o quanto der, por favor."

"Posso oferecer seiscentos e vinte e cinco dólares por elas."

"Combinado!", exclamou ela, sem pensar duas vezes.

"Seiscentos e cinquenta", ponderou ele, olhando para as joias.

"Obrigada", disse Lucia. "Posso pegar o dinheiro hoje?"

"Agora mesmo."

"Por acaso... As joias vão ficar na vitrine?", indagou ela, ainda ignorando as lágrimas que escorriam pelo seu rosto.

"Não, não! Só coloco as coisas que estão à venda." Ele ergueu os olhos. "Assim, se você não vier retirar suas coisas, ou passar um tempo sem pagar os juros, somos autorizados a vendê-las."

"Entendi!", disse ela. "É... É meio patético, não? Esse monte de cacareco que as pessoas deixam."

"Às vezes é muito patético. Mas, em todo caso, prestamos um serviço. Quem precisa de dinheiro rápido tem para onde correr, sabe? Já veio homem aqui que perigava se suicidar se não arrumasse quarenta, cinquenta dólares logo. Tem uns que correm risco de despejo. O sujeito tem um relógio bacana, mas o proprietário do apartamento não aceita. O proprietário, evidentemente, não sabe o valor das coisas. Vai que o inquilino arruma um emprego na semana seguinte! Ele recebe o salário, volta aqui, resgata o relógio, e tudo certo."

Lucia ficou muito comovida. Gostei dele!, pensou. Ele está tentando me convencer de que não é piada, não é tão ruim assim ser penhorista. Está tentando romantizar.

Ela resolveu entrar na dele, e demonstrou interesse pelo negócio.

"Você recebe muitas alianças?", inquiriu.

"Nem tanto. É muita emoção envolvida, e não costumam valer muito também. Mas eu fico admirado com o tanto de mulher que acaba jogando a aliança fora."

"Como assim?"

"Ah, elas se divorciam, ou se aborrecem com seus maridos, e acaba que se livram das alianças."

"Vi uma caneca de criança na vitrine, de prata."

"O pai é um beberrão", comentou ele. "História triste… Bem, vou pegar seu dinheiro."

Ele pagou a ela em espécie.

"Boa sorte!", disse.

O taxista a aguardava, fumando.

"Você sabe onde eu poderia arrumar uns cigarros?", perguntou Lucia.

"Minha senhora, se eu soubesse, estaria rico. Pode pegar um."

"Obrigada!", disse ela. "Para a Stern's agora, por favor, na rua Quarenta e Dois."

Ele entregou o cigarro e riscou um fósforo para ela, que se recostou, relaxada, saboreando o cigarro em êxtase. É o fim da linha, pensou ela. Não consegui arranjar o dinheiro. Nunca vou conseguir.

Será que é assim que as pessoas se sentem quando estão prestes a morrer?, pensou. Quando o médico diz que não há mais esperança, e não há nada que se possa fazer. Apenas se resignar. Deve ser um bom jeito de morrer, sem se debelar, deixando acontecer.

Ela se imaginou em casa, deitada na cama, confortável diante do fim. Sem o que fazer a respeito de nada.

Ah, as crianças!, pensou. E meu pai… Precisariam mandar um telegrama para o Tom… Não! Desistir não é uma opção.

O táxi entrou na rua Quarenta e Dois. Ela olhou o relógio e viu que estava mais de uma hora e meia atrasada. Talvez o sr. Donnelly já tenha ido embora, pensou ela. Pudera!

Mas lá estava ele, na entrada da loja, altivo, vestindo um terno azul-marinho, transpassado, e chapéu de feltro cinza.

Não fumava, não estava irrequieto, não olhava ao redor, apenas aguardava. Ninguém diria que é um vigarista, pensou ela. Elegante desse jeito. Bonito.

Quando ela estava saindo do táxi, ele se aproximou, chapéu em mãos.

"Podemos aproveitar a corrida", disse ele. "Tem um lugar na altura da rua Cinquenta que imagino que seja de seu agrado."

Ela se ajeitou de volta no carro e ele sentou do lado dela, então passou o endereço para o motorista.

"Não consegui arrumar o dinheiro", disse ela, logo de cara. "Nunca vou conseguir."

Ele ficou em silêncio, e quando ela se virou para ele, notou que a encarava com seus turvos olhos azuis.

"Calma", disse ele. "Fique calma."

TREZE

Embora não tivesse motivo para se acalmar, ela se sentiu mais tranquila.

"Esse lugar que comentei", disse ele, "tem uma salinha onde podemos ficar a sós. A menos que prefira comer rodeada de outras pessoas..."

"Acho melhor conversarmos a sós mesmo."

"Foi o que imaginei."

Ela ficou admirada por se deixar seguir, sem pestanejar, para o lugar que ele tinha escolhido. Lembrou-se dos romances antiquados que lia, com jantares em salões privativos, cenário de aventuras amorosas, jogos de sedução, vinhos batizados, garçons coniventes. Mas o sr. Donnelly não é desses, pensou.

O táxi parou em frente a um restaurante sofisticado, com um toldo azul-escuro na entrada, que dizia Café Colorado. Um porteiro uniformizado se aproximou para abrir a porta do carro. Donnelly tirou uma cédula da carteira e entregou-a ao motorista.

"Está certo", disse.

"*Como assim*?", indagou o motorista. "Puxa, obrigado. Muito obrigado."

Eles desceram os degraus à porta e entraram em um restaurante acarpetado, com luminárias sobre as mesinhas. Ao fundo, havia um bar de balcão espelhado, adornado com luzes florescentes azuis. O lugar estava apinhado de gente. Não é nada esquisito, pensou ela. Um garçom de idade se aproximou de Donnelly às pressas.

"*Bonjour, madame, monsieur!*"

"Você pode avisar o chefe que estou por aqui?", ordenou Donnelly.

"*Mais oui, monsieur!*", disse o garçom, que se retirou esbaforido.

Um funcionário, pardo e robusto, de bigode preto e olhos tristes, que estava do outro lado do restaurante, prontamente, dirigiu-se aos dois.

"Ah...", disse ele. "O *salon*, Marty?"

"*Parfaitement*", respondeu Donnelly.

"*Pour* aqui, madame!"

Seguiram-no restaurante adentro. O homem abriu uma porta junto ao bar, que dava em uma pequena passagem escura. No fim da passagem, ele abriu mais uma porta.

"*Voilà!*", anunciou, com certa pompa.

"*C'est assez bien*", disse Donnelly, e continuou o diálogo em francês, idioma que Lucia não escutava desde a escola. Ela pinçou, no entanto, que ele estava falando do almoço, e que o outro homem se chamava Gogo.

A sala, por sua vez, deixou-a com vontade de rir. Era a típica ambientação daqueles livros antiquados, uma saleta sem janelas, com uma mesa redonda para dois, bem no meio, ostentando um vaso de rosas vermelhas. Tinha até um sofá forrado em brocado azul e dourado.

"*Alors...*", disse Gogo, fazendo uma mesura e sorrindo. Ele saiu da sala e fechou a porta.

"Não apresentei vocês", comentou Donnelly. "Imagino que prefira não conhecê-lo."

"Por quê? Por acaso ele é...?" Ela se deteve por um instante, tentando encontrar uma palavra. "Ele é... uma figura controversa?"

"É um amigo próximo", explicou Donnelly. "Mas não é da classe do seu convívio."

Classe?, pensou ela. De que "classe" seria Donnelly? Segundo o próprio, era um homem de origem campesina, não tinha formação, era um chantagista e sabe lá Deus mais o quê. No entanto, portava-se com naturalidade, sem o menor esforço — falava com a precisão e a cadência de um estrangeiro bem instruída. Eu não saberia classificá-lo, pensou Lucia.

Ele puxou uma cadeira para ela.

"Pedi um martíni para você", disse ele. "Que tal?"

"Ótimo! Obrigada!"

"Aceita um cigarro enquanto espera?"

Ele acendeu um cigarro para cada um, empurrou o cinzeiro para junto dela e sentou-se de frente para ela.

"Quer dizer que você é fluente em francês?", inquiriu ela.

"Meu francês não é lá uma maravilha, mas eu me viro. Aprendi no Quebec."

"Você já morou no Quebec?"

"Passei pouco mais de um ano em um monastério por aquelas bandas."

"Um monastério?"

"Na época, eu pensava em me formar padre."

"Caramba! E mudou de ideia?"

"Não era minha vocação", disse ele, e depois de uma pausa, acrescentou: "O mundo já estava incutido em mim."

Lucia ficou com a impressão de que aquele homem grande e imponente, de vivências inacreditáveis, era uma criatura infinitamente mais sensível e frágil do que ela. Volta e meia, pensava o mesmo de David, de seu pai, de Tom... Imaginava ser mais forte, mais flexível, mais apta a encarar a vida.

"Você chegou a se casar?", indagou ela.

"Eu até queria, mas nunca encontrei uma garota para mim."

Ela sentiu um leve rancor despontar contra a arrogância masculina.

"Nunca encontrou uma pretendente boa o bastante, foi?"

"Não", respondeu ele, sem rodeios.

O garçom entrou na sala com um coquetel em uma bandeja.

"Você não vai beber nada?", perguntou ela.

"Não bebo antes das cinco."

"Por que não?", insistiu ela, um pouco ríspida.

"Houve um tempo em que bebi demais", comentou ele. "Passei três anos vagueando pelo mundo, até que passei a ter *delirium tremens*. É um negócio terrível. Até hoje, me assombra. Fui parar no Bellevue, e vi o estado dos outros internados. Muitos já eram velhos, tinham desperdiçado a vida em bebedeira." Ele fez uma pausa. "Agora sou moderado."

"Quanta história de vida, hein...", disse ela, em tom ameno.

"Nem me fale."

Ela tomou um gole do coquetel. Sentia uma curiosa força repentina, um poder que até então não conhecia. Com *ele* eu consigo lidar, pensou.

"Você está muito elegante", comentou ele. "Bonito o seu chapéu, e as luvas brancas, o traje todo."

Então ela voltou a si.

"Não me sinto elegante", retrucou, amargurada. "Eu... fracassei. Não tenho como arranjar esse dinheiro."

"Você chegou a tentar?"

"Passei em uma financeira que descobri por um anúncio no jornal", contou ela. "Dizia que não tinha burocracia, que bastava assinar uma nota promissória. Mas não foi bem assim." Ela ficou em silêncio por um instante, pensando na srta. Poser. Então abriu a bolsa e tirou o envelope de papel pardo, onde tinha guardado o dinheiro. "Aqui estão seiscentos e cinquenta dólares. Foi tudo que consegui. *Tudo*."

"Você sacou esse montante no banco?"

"Não. Não tenho nada no banco, só o dinheiro do dia a dia. Penhorei algumas das minhas joias."

"Deixe o recibo da penhora comigo", ordenou ele.

"Mas... por quê?"

"Deixe o recibo comigo", repetiu ele, erguendo a voz.

"Mas por quê? Não quero deixar com você."

"O recibo!", insistiu ele, levantando-se.

"Não! Eu me recuso!"

Ele se levantou diante ela, de mão estendida. Ela estava intimidada, assustada quase, com o poder daquele homem, a força concentrada nele. O semblante dele parecia desanuviado de repente. A mandíbula estava contraída e os olhos, límpidos e frios.

"O recibo! Tire da sua bolsa."

Ela pegou o recibo com raiva e relutância.

"Mas por quê?", indagou.

"Vou recuperar suas coisas, suas joias todas."

"Não é grande coisa. Não me importo."

Ele se pôs a andar de um lado para o outro.

"Vou recuperar as suas joias, pode deixar."

"Não ligo para as joias! Só quero parar esse tal de Nagle."

"Vou cuidar disso também", prometeu ele.

"Nossa! Mas tem como?"

"Eu não sabia que seria assim...", ensaiou ele, então entrou o garçom, com coquetéis de camarão servidos em gelo.

"Mais um martíni para a madame", ordenou Donnelly, e ela não se opôs.

Ele se sentou de volta à mesa.

"Não sabia que seria complicado assim para você. Carlie... Digo, Nagle me disse que tinha averiguado os detalhes. Disse que você era endinheirada, seu pai também."

"Eu não tenho muito dinheiro, só para o dia a dia."

"Não entendo por que eles não deixam dinheiro com você."

"Não é bem assim! Meu pai e meu marido sempre me dão tudo o que eu preciso."

"Não é o bastante", disse ele.

"Quer dizer que eu deveria ter um fundo especial... para pagar extorsão?"

Ele ficou visivelmente abalado, para a alegria dela.

"Estou pouco me lixando para as joias! Só quero poupar a minha filha de um escândalo."

"Não estou preocupado com a sua filha. Ela superaria o escândalo."

O garçom voltou com o segundo martíni e pousou-o diante dela.

"Vou ter uma conversa com o Nagle", disse ele. "Vou tentar convencê-lo a esperar até recebermos o dinheiro da empreitada que comentei com você. Eu até pagaria a ele em seu nome, mas estamos lisos. Concentramos todos os nossos esforços nesse novo negócio. O problema é que o Nagle fica nervoso quando não está com uma boa reserva no banco. Beba o seu martíni."

"Não quero."

"Então coma o seu almoço."

"Não estou com apetite."

"Escute. Se eu não conseguir conter o Nagle, deixe ele agir como bem entender. Ele vai mostrar as cartas para o seu pai…"

"Não! Ele não pode! Não pode!"

"Seu pai é um belo de um cavalheiro, pelo que vi. Não vai pegar pesado com a menina."

"Não! Não!", disse ela. "Meu pai *não pode* saber."

"Você está exagerando. Deixe o Nagle agir. Logo, logo, acaba essa história…"

"Não!", exclamou ela, mais uma vez. "Você não entende. Meu pai não pode saber de nada do Ted Darby."

Ela afastou a cadeira, mas não se levantou. Permaneceu ali sentada, prostrada, tentando pensar rápido. Se eu resolver mesmo contar para o tenente Levy, tenho que contar para o meu pai antes. Ele precisa saber da Bee e do Ted, precisa saber que matou o Ted. E não posso deixar o tal do Murray permanecer na prisão. Preciso contar para o tenente Levy, a menos que…

A menos que Murray tenha como sair da prisão sem a minha história.

"O que foi?", perguntou Donnelly. "O que tanto a aflige?"

Ela olhou de relance para ele, e a expressão dele disse tudo. Ela não se deu ao trabalho de elaborar muito a questão para si mesma, mas sabia que podia contar com ele para tudo. Sabia que podia fazer uso da força dele.

"Meu pai iria direto para a polícia se o sr. Nagle fosse atrás dele", disse ela. "E se a polícia ficar sabendo do envolvimento da minha filha com o Ted Darby…"

"Eles não fariam estardalhaço com isso. Tendem a proteger o nome de pessoas como vocês. As cartas dela não têm nenhuma relação com a morte do Darby."

"Mas e se tiverem?"

"Não têm."

Ela estava com o coração acelerado, errático, e ficou até ofegante.

"E se não foi o Murray quem matou o Ted?", disse.

"Eu sei que não foi o Murray", disse ele. "Armaram para cima dele."

"E agora ele está na cadeia. E vai a julgamento."

"Ele vai para a cadeira elétrica", disse Donnelly. "Mas eu não perderia o sono por isso. Tanto ele quanto o Darby viviam metidos em sujeira, eram homens traiçoeiros, uns…" Ele se deteve. "Uns ratos", disse, por fim.

"Murray não pode ser punido — ou melhor, executado — por um crime que não cometeu."

"Não se preocupe com ele. Não vale a pena."

"Você conseguiria tirar o Murray da prisão, se quisesse?"

"Eu não quero."

"Mas *conseguiria*, se tentasse? Por favor, responda!"

"Talvez. Por que você quer saber?"

O garçom apareceu, mas logo notou que ninguém tinha encostado nos camarões e deu meia-volta.

"Espere!", ordenou Donnelly. "Não há nenhuma sineta por aqui? Ah, ali... Pode ficar tranquilo, que, quando precisarmos de você, eu toco a sineta."

O homem se retirou e fechou a porta.

"Você conseguiria mexer os pauzinhos para soltar o Murray?", indagou ela.

"Talvez. Mas não moveria um dedo por ele."

Ela estava com a imagem do *brunch* do dia anterior fresca na mente ainda, a água azulzinha, as árvores verdejantes, o sossego ao sol, o sorriso da sra. Lloyd, o jeito com que Owen olhava para Bee. Bee, David e seu pai, e Tom, tão distante... Eram todos tão inocentes... E pensar que estavam sob a ameaça dessas sombras obscuras e terríveis de outro mundo, Ted Darby, Nagle, Murray, criminosos cruéis e perigosos, todos eles, sem exceção, feras selvagens.

"O que tanto a aflige?", inquiriu Donnelly.

"Bem... E se eu disser a você que fui *eu* que matei Ted Darby?"

CATORZE

Ele olhou para ela de esguelha.

"Não", disse. "Você não seria capaz de matar ninguém."

"Foi um acidente. Ele estava... Fiquei nervosa com ele, com a história das cartas. Empurrei e ele caiu. No píer... Ele caiu na lancha, em cima da âncora. E morreu."

Ele olhou para ela de esguelha mais uma vez, desconfiado, em estado de alerta.

"Vire a sua bebida", sugeriu. "Vai lhe fazer bem."

Ela balançou a cabeça.

"Só fui perceber na manhã seguinte", contou. "Eu o encontrei na lancha e o levei para a ilha. Foi... Foi..." Ela hesitou por um instante. "Precisei... desprendê-lo da âncora. Foi... Então tive que... tirá-lo do barco."

Estava com a voz embargada, seus lábios tremiam. A lembrança era pior do que o ato em si.

"Você precisa acreditar em mim."

Ela ergueu o rosto e eles se entreolharam por um bom tempo.

"Eu acredito", disse ele. "Não há santo no céu que faria mais pelo bem da família do que você."

"Eu não... pretendia contar para ninguém, nunca. E, enfim, agora... Não posso deixar Murray pagar por isso."

"Não só pode como deve. Murray não vale nada."

"Não importa. Não posso deixá-lo pagar por algo que eu fiz."

"Pode, sim."

"Não. Eu me recuso. É pecado."

"Pecado?", repetiu ele, abismado. "Às vezes é difícil dizer o que é pecado e o que não é."

"Nunca é difícil", retrucou ela. No fundo, a gente sempre sabe o que é certo."

"Ah... Não é tão simples assim. Tem que ver todos os lados da história. Tem a sua família. São pessoas de bem. Não vale a pena sacrificá-las por um rato como o Murray. Tem que pesar na balança e ver o que é melhor para o mundo."

"Não. É preciso fazer o certo, custe o que custar."

"Nem todo mundo pensa assim. Há quem diga que é preciso avaliar as possibilidades para fazer o que é melhor como um todo, no fim das contas."

"Isso é...", ensaiou ela, mas se deteve. É um preceito jesuítico, era o que estava a ponto de dizer, mas talvez fosse a religião dele. "Não vejo as coisas desse jeito", disse ela. "Não posso deixar Murray permanecer na prisão. Não importa o que aconteça com a gente. Preferiria estar eu mesma na cadeia."

"Você não vai para a cadeira", disse ele. "Escute. Não quer tentar comer um pouco? Pedi um filé, mas se preferir alguma outra coisa..."

"Um homem está atrás das grades, e eu aqui."

"Escute. É diferente para ele... Ele já cumpriu pena antes."

"Ah, você não entende como eu me sinto!", queixou-se ela.

"Não posso ficar aqui sentada, comendo... Não sei o que fazer. Não sei para onde correr."

"Pode contar comigo", disse ele.

Ela olhou para ele. Ele afastou a cadeira, levantou-se, e tornou a andar de um lado para o outro. Era um homem robusto, pesado, mas tinha passos leves. Seus sapatos reluzentes pareciam mais flexíveis do que qualquer outro.

"É minha sina", disse. "Fui leviano com o meu dinheiro, para não dizer coisa pior... E agora que eu preciso, não tenho. Eu daria um rim para acertar as contas com o Nagle agora. E pagar ao Isaacs, ou ao Jimmy Downey, para livrarem a cara do Murray." Na extremidade oposta da sala, ele se virou e voltou para perto dela. "Não se exaspere", disse. "Vou dar um jeito."

"Como?"

"Deixe o Nagle comigo. Ele sabe que, logo, logo, vamos receber aquela grana e vou tirar da minha parte para acertar com ele."

"Mas por que você faria isso?", inquiriu ela, aborrecida. "Por que pagaria a chantagem daquele homem terrível? É seu próprio parceiro! Ou sei lá como o chama..."

"Escute", disse ele, "foi o Nagle quem pegou as cartas com o Darby. Foi o Nagle quem tramou tudo. Ele tem o direito..."

"Não se atreva a falar assim! Como se fosse uma negociação corriqueira. Isso é... Você não percebe que é *crime?*"

Ele estava se aproximando dela, imponente, a passos leves, os olhos vazios. Era ameaçador. Então deu meia-volta e se afastou.

"Você tem razão", disse. "Que Deus tenha piedade de mim! Já não sei diferenciar o que é certo do que é errado."

"Todo mundo sabe."

"Verdade. Mas não posso deixar o Nagle na mão a essa altura do campeonato."

"Nem mesmo agora que se deu conta de que ele é um criminoso?"

"Eu também sou um criminoso", disse ele.

"Não é, não", refutou Lucia. "Não é bem assim."

"Eu infringi a lei. Fiz muita coisa errada. Pelo menos, nunca matei ninguém, graças a Deus." Ele estava do outro lado da sala, de costas para ela. "Só na guerra", acrescentou. "Na Primeira Guerra, digo. E matar em guerra não conta como pecado." Ele ficou um tempo em silêncio. "Também não lidei bem", prosseguiu, por fim. "Eu era jovem, e quando via os boches... Era assim que nos referíamos a eles, na época... Quando via os corpos estirados nos campos de batalha, ou no meio de um bosque, pensava: fui eu que fiz isso? E agora vejo os rapazes partirem para a guerra mais uma vez... Parece até que o diabo domina o mundo."

Ele se aproximou de volta.

"E veja você agora", disse. "Uma mulher bondosa... Enfrentando uma tormenta dessa... Mas vou tirá-la desse apuro. Deixe o Nagle comigo. Também vou conversar com o Isaacs, ou o Downey, para tirarem o Murray da prisão."

"E como fariam isso? Não me diga que incriminariam outra pessoa..."

"O Isaacs consegue mexer os pauzinhos para soltar quem quer que seja", comentou Donnelly.

"E o que você vai dizer para ele? Não vai dizer que foi outra pessoa, vai?"

"Não vou falar nada. Ele vai fazer uma visita ao Murray, e vão dar um jeito." Ele fez uma pausa. "Você confia em mim?", perguntou.

"Confio..."

"Não há nada que eu não faria por você", disse ele. "Nada nesse mundo."

Ela baixou os olhos para não encarar a expressão no rosto dele.

"Podemos pedir o filé, então?", indagou. "Preciso voltar para casa logo."

Ele tocou a sineta no mesmo instante.

"Você chegou a receber um presunto?", inquiriu ele.

"Ah, recebi, sim", disse ela, e agradeceu.

"Tem um rosbife a caminho também. E um quilo e meio de bacon."

"Sr. Donnelly..."

"Diga."

"Eu agradeceria se você não enviasse mais coisas lá para casa. É... difícil de explicar para eles. E..."

"E...?"

"Bem, é contrabando, não é?"

"Há quem chame assim... Mas não precisa ficar com peso na consciência. É presente."

"Agradeço de coração, mas, por favor, não mande o rosbife. Por favor, não mande mais nada."

"Sinto informar, mas já deve estar a caminho, se é que já não foi entregue."

O garçom trouxe o filé, batatas fritas, ervilhas e uma salada. Ajeitou o saleiro e o pimenteiro, esvaziou o cinzeiro e se retirou.

"Aquela Sibyl é uma mulher muito boa", disse Donnelly.

"Mas você nem a conhece!"

"Conversei um pouco com ela ontem, quando você não estava em casa. É uma mulher muito boa."

"É mesmo."

"Pedi para ela me avisar caso precisassem de alguma coisa. Deixei meu número de telefone com ela."

Por que recorreríamos a você caso precisássemos de alguma coisa?, pensou Lucia. Mas não disse nada.

"Não vai comer, não?", perguntou ele, ansioso. "Você está abatida. Um pedaço de carne vermelha lhe faria bem. E pode ficar tranquila. Vou tirar o Murray da cadeia para você, e o Nagle, da sua cola. Ele vai devolver as cartas. Você confia em mim, não?"

"Confio, sim", disse ela.

Ele soltou um suspiro, como se um fardo fosse tirado de seus ombros. Mas não conseguiu comer. Ela também não. Naquela saleta sem janelas, reinava o silêncio — a ponto de incomodar. Ela mal estava se aguentando. Então fez uma coisa que não era de seu feitio: abriu a bolsa, tirou um espelhinho e se olhou.

Não parecia mais agitada ou assustada. Estava de fato abatida, com o cabelo um pouco bagunçado, mas havia algo em seu rosto que ela nunca tinha visto antes, uma beleza pesarosa, serena. É assim que ele me vê, pensou ela.

QUINZE

Nenhum dos dois quis sobremesa, e ele dispensou o garçom com um aceno. Ninguém trouxe a conta. Ele deixou um dinheiro na mesa, então saíram da sala e seguiram para a rua. Ele chamou um táxi e acompanhou-a até a estação de trem.

"Entrarei em contato em breve", disse. "E fique calma, está bem? Vou cuidar de tudo."

Ela ficou em silêncio, com as pestanas baixas. Sabia que ele a fitava, sabia que era uma morena esbelta e encantadora, sabia que ele estava esperando ela erguer os olhos, e assim fez.

"Obrigada", disse.

"Posso fazer uma visita?", perguntou ele. "Só mais uma? Levo uma garrafa de *scotch* para o seu pai..."

"Sinto muito, muito mesmo, mas... de jeito nenhum."

"Podemos ao menos nos ver? Depois que eu cuidar de tudo, que tal almoçar comigo, como almoçamos hoje?"

Ela não respondeu.

"Só uma vez, quando a poeira baixar...", continuou ele. "Sei como são as coisas. Você tem a sua família e... uma posição social a zelar. Mas se me der uma chance... Não podemos nos ver uma última vez?"

Pessoas circulavam às pressas em torno deles, uma voz prodigiosa anunciava as partidas e chegadas dos trens. Mas, de certa forma, estavam isolados. Ele não insistiu mais, limitou-se a esperar, recatado, temendo a resposta. O portão da plataforma estava se abrindo, mas ela permaneceu diante dele, cabisbaixa.

De repente, estendeu a mão enluvada e olhou para ele.

"Podemos, sim. Adoraria almoçar com você qualquer dia desses."

Ela não sorriu. Nunca sorriam um para o outro. Ele segurou a mão dela por um instante, bem de leve.

"Tenha calma", disse.

Ela seguiu pela plataforma, na penumbra, em meio à movimentação plácida e silenciosa da multidão, até que entrou em um vagão. Era um vagão para fumantes, e ela decidiu aproveitar a oportunidade. Sentou-se do lado de um homem e abriu a bolsa. Tirou um maço, mas estava vazio. Ela apertou os cantos da caixa, virou-a de ponta-cabeça, e nada.

"Aqui, pode pegar um", disse o homem a seu lado.

"Não, não, que é isso! Hoje em dia anda tão difícil conseguir..."

"Para *mim*, é tranquilo. Pode pegar! Sério!"

Ele acendeu um cigarro para ela, um homem corpulento, de rosto corado e pequenos olhos azuis, cintilantes.

"Esse racionamento não dura mais que uma semana", comentou ele. "E nem me afeta. Tenho contatos em todos os ramos que *você* pode imaginar. Sabe, outro dia mesmo, um conhecido meu estava atrás de um despertador. Não achava em lugar nenhum. Vou conseguir um para você hoje mesmo, prometi. E ele falou, olha lá, hein, nada de contrabando. Longe de mim apelar para contrabando, meu chapa, expliquei para ele. Eu uso *isso aqui*."

Ele deu uma batidinha com o indicador na têmpora, levantou as sobrancelhas e sorriu sem abrir a boca. Estava tentando impressioná-la. Seus pequenos olhos cintilantes tremulavam, pairavam sobre ela, não com desfaçatez, mas admiração.

"Imagino que queira trocar de lugar também", disse ele. "Vocês, moças, sempre preferem a janela."

Ao se levantar, ele enfiou a mão no bolso e sacou dois maços de cigarro, da marca favorita do sr. Harper.

"Guarda na sua bolsa..."

"Não, não! Nada disso!"

"Tem muito mais de onde veio", garantiu ele. "Pode ficar. Assim você me faz um favor."

Ele se ajeitou do lado dela.

"Ah...", continuou ele. "Eu nunca me casei... Vejo que você está usando o distintivo da servidão." Ele riu. "Assim é a vida. Sempre que aparece uma moça atraente, é casada. Nem para esperar por mim..."

Ele começou a fazer perguntas, e ela não viu problema em dizer que tinha um marido no Pacífico, que tinha dois filhos. Parece até personagem de crônica, pensou ela.

"É difícil", disse ele, sério, "muito difícil. Uma moça atraente assim..."

É um lobo, pensou ela. Mas não é de todo mau. É meio patético. Ela sabia aonde ele estava querendo chegar.

"Adoraria sair com você um dia...", disse ele. "Jantar, sair para dançar. Seria bom para você."

"Não posso deixar meus filhos sozinhos em casa", retrucou. "Não costumo sair à noite."

"Deixa disso! É bobagem. É só chamar uma dessas

estudantes que fazem bico de babá…"

Decerto ele imaginava duas crianças pequenas. Que assim seja, pensou Lucia. Para a própria surpresa, estava curtindo a companhia daquele homem. Mas não quis dar seu nome.

"Não", disse ela, olhando nos olhos dele. "Não posso, mesmo."

"Vou deixar meu cartão com você, caso mude de ideia."

Sr. Richard Hoopendyke. Representante, Shilley Mfg Co.

"Vou ficar na torcida!", disse ele, enquanto se levantava.

"Quem sabe?", respondeu Lucia.

Quando ela desembarcou, na estação de sempre, estranhou o sossego da tarde ensolarada. Parecia que tinha passado uma eternidade fora, e voltar para casa a deixava acanhada, como se estivesse mudada, de certa forma. Ela dividiu um táxi com outras duas pessoas, um homem e uma mulher, e fizeram a viagem em um silêncio fúnebre. Eles não gostam de mim, Lucia disse a si mesma. Acham que sou esquisita. Uma conhecida indesejável. Bem, talvez eu seja mesmo.

Ela estava meio esquisita. Foi a primeira a descer do táxi. Pediu para o motorista parar na esquina e desceu a rua pé, tomada por uma estranha solidão. Que dia mais longo!, pensou. Aconteceu tanta coisa!

Mas, afinal, o que tinha acontecido de fato? Ela tinha tentado pegar um empréstimo, em vão, e tinha penhorado suas joias. Depois almocei, pensou ela. Nada de extraordinário. Mas não posso contar para ninguém, nunca. Nem para o meu pai, nem para os meus filhos, nem mesmo para o Tom. Ele saberia que não houve nada de errado, mas não iria gostar. Um almoço em uma sala privativa. Com um vigarista. Tom não iria gostar do homem no vagão para fumantes. Seu pai e seus filhos também não. Eles acham que não sou dessas.

A casa parecia hostil sob a luz do fim da tarde. É tão bom quando alguém recebe a gente, pensou ela. Quando as crianças eram pequenas, vinham correndo pelo jardim. Era uma delícia. Mas, também, eu sempre chegava com um presentinho.

Ela estava de mãos vazias agora, era palpável. Não trazia nada. A porta da frente estava destrancada, como de costume. Ela abriu e entrou, e o sr. Harper se pronunciou da sala de estar.

"Lucia?"

"Sou eu, pai."

Ele estava sentado em uma poltrona, com um livro em mãos e uma xícara de chá vazia na mesinha ao lado.

"Ah, que bom que a Sibyl já serviu o chá!", comentou ela.

"Ela nunca esquece", disse ele.

Ela se aproximou e deu um beijo na cabeça grisalha do pai.

"Ai, ai...", suspirou ele, contente. "Como foi o dia na cidade, querida?"

"Tranquilo, pai."

"Aposto que você fez compras! Quando sua mãe chegava em casa, comentava que estava exausta das compras. Eu perguntava o que tanto ela comprava e, na maioria das vezes, ela dizia que não tinha comprado nada."

Ele riu, olhando para o nada, como se pudesse ver a figura disparatada de sua amada. Lucia entregou a ele um dos maços de cigarros que o sr. Hoopendyke lhe dera de presente.

"Maravilha!", disse ele. "Muito obrigada, minha querida. Ah! Aquele rapaz, o Lloyd, deu uma passada aqui hoje. Veio pedir permissão para me filiar ao Iate Clube. Comentei que meus dias de velejo já ficaram para trás... Não me imagino aproveitando as dependências do clube. Mas não quis recusar o convite. É um bom rapaz. E a mensalidade não é nenhum drama. Falei para ele ir em frente, se assim desejasse."

Ele quer ser membro do clube, pensou Lucia. Ele anda solitário. Não dou conta de espantar sua solidão. Não tenho tempo. Não sei o que tanto faço, mas nunca tenho tempo.

"Em menos de uma semana, você já vai fazer parte do comitê", disse ela. "É sempre assim."

"Até parece! Na minha idade..."

"Não me venha com essa! Sempre confiam muito em você, papai."

"Papai...", repetiu ele. Ela não o chamava assim fazia muito tempo, e pareceu ecoar para ambos. Os olhos dela se encheram de lágrimas, e ela piscou até secarem.

"Preciso falar com a Sibyl", disse ela.

Sibyl estava diante da bancada da cozinha, ofuscada pelo sol, quebrando ovos, derramando as claras em uma cumbuca azul de porcelana canelada e as gemas em uma tigela verde. Era uma operação delicada e bonita. Ela revirou o ovo que já estava em mãos, então ergueu o rosto, com seu sorriso afável, vagaroso.

"Ah, a senhora está de volta."

"Acabei de chegar. O jantar de hoje é o presunto, certo?"

"Achei melhor assar a carne, senhora."

"A carne?"

"Chegou bem na hora", comentou Sibyl. "E vou fazer aquelas broinhas que o sr. Harper adora."

Lucia não fez nenhuma pergunta sobre a carne. Nunca mais faria perguntas, sobre o que quer que fosse. Mas o que será que ela está *pensando*?, Lucia se perguntou.

Nada a intrigava tanto quanto saber o que Sibyl pensava.

"Foi um presente", explicou Lucia.

"Eu sei, senhora."

"Imagino que tenha sido uma surpresa e tanto quando chegou a entrega."

"Não, senhora."

"Não?"

"O sr. Donnelly me avisou que enviaria a peça. Ele me perguntou do que a senhora gostava. Disse que mandaria o que a senhora quisesse, quando quisesse."

O impacto daquelas palavras, na voz suave de Sibyl, deixou Lucia sem ar. Ninguém deveria dizer aquilo. Ninguém deveria saber daquilo.

"Eu falei para ele não mandar mais nada. Falei para não aparecer mais aqui."

"Está bem, senhora."

Chega desse assunto!, Lucia disse a si mesma. É melhor deixar para lá.

Mas ela não se conteve.

"Não quero esse tipo frequentando a nossa casa."

"É um homem desafortunado", comentou Sibyl.

"Desafortunado?"

"Ele acabou se envolvendo com as pessoas erradas."

"Ele é um homem livre. Pode muito bem escolher companhias melhores, como qualquer outra pessoa."

"Nem sempre sabemos onde estamos nos metendo, senhora. Até ser tarde demais."

"Nunca é tarde para... mudar", disse Lucia.

"É o que diz o meu marido, o tempo todo. Mas acho que as

pessoas não mudam muito, não."

"Não sabia que você era casada, Sibyl."

"Sou, sim, senhora. Meu marido está preso, na Geórgia."

"Caramba, Sibyl!"

"Faz dezoito anos, e ainda tem mais sete pela frente. A menos que consiga sair em liberdade condicional... Mas acho difícil."

"E você está... esperando por ele?", indagou Lucia.

"É o que me cabe", respondeu Sibyl, taciturna. "Bill nunca fez nada de errado, nunca agiu por mal. Quando o levaram, eu disse que esperaria por ele, e aqui estou."

"Dezoito anos!", disse Lucia. "Deve ser muito difícil para você, Sibyl."

"É... E não sei se fiz bem em prometer."

"Você mudou de ideia, Sibyl?"

"Só acho que não ajudei muito. Ele é esperançoso por natureza. Acha que pode sair da prisão com cinquenta e quatro anos e ter uma vidinha tranquila a dois. Anda cada vez mais filosófico."

"Bem...", ensaiou Lucia, abalada. "Talvez seja melhor assim, Sibyl."

"Talvez, senhora", aquiesceu Sibyl. "A filosofia de vida de Bill é encontrar um lado bom em tudo. Ele não fica pensando em injustiça, não é um homem amargurado, ainda que tenha passado os melhores anos de sua vida atrás das grades, sem ter feito nada de errado."

"O que houve com ele, Sibyl?"

"Bill era marinheiro", contou Sibyl. "Acho até que foi por isso que me casei com ele. Eu queria muito viajar. Não sei de onde tirei essa ideia, mas desde pequena era assim. Talvez tenham sido os livros. Os brancos para quem minha mãe trabalhava tinham muitos livros, e me emprestavam. Eu me imaginava nas geleiras do Norte, nos vastos campos de neve, com aquelas luzes no céu. E sonhava com Paris. Bill disse que é verdade, o que falam de Paris. Os negros podem andar por toda parte, visitar os pontos turísticos. E disse que faríamos muitas viagens juntos."

"E vocês chegaram a viajar?"

"Não, senhora. Assim que nos casamos, engravidei. E ele largou o mar. Arrumou um trabalho em um moinho, disse que queria ficar por perto, por precaução. Perdi o bebê, e lá estava ele, a meu lado. Tínhamos um dinheiro guardado, e ele falou em viajar. Foi até a agência comprar as passagens, e um homem disse que não queria negros em seus navios. Bill disse que, por lei, não podiam recusar a compra. O homem bateu nele, e ele revidou. Tentativa de homicídio, o veredicto. Mas o homem não morreu, e Bill jamais pensou em matá-lo. Só revidou. Ele estava com uma faca, mas sempre andava com aquela faca, desde os tempos em alto-mar."

"Quem sabe vocês não fazem uma viagem quando ele for solto?"

"Não vamos. Bill vai sair da prisão com cinquenta e quatro anos, e não sei se vai conseguir arrumar um emprego decente. Ele ficou meio esquisito, trancafiado na prisão. Provavelmente vou sustentar a casa. Mas eu dou conta, se continuar com saúde."

"Bem...", disse Lucia. "Imagino que, esse tempo todo, seu apoio tenha sido um consolo e tanto para o seu marido."

"Não sei...", disse Sibyl. "Do jeito que ele é filosófico... Se eu dissesse que não esperaria por ele, teria encontrado algum outro consolo. E, de uma forma ou de outra, acabei conhecendo o mundo."

Lucia ficou em silêncio, estremecida com o vislumbre do universo de Sibyl. Aqueles anos todos, enquanto cuidava de seu trabalho com diligência e discrição, ela almejava ver o mundo. Nunca sonhei assim, pensou Lucia. Nunca pensei em viajar. Nunca quis nada do tipo. *O que eu queria para mim?*

Ela tinha imaginado uma vida com um marido, filhos, e tinha conseguido o que queria. Desde que se entendia por gente, conseguia tudo o que queria de mão beijada. Se pedisse uma boneca, uma bicicleta, um vestido novo, seus pais lhe davam. O marido que ela ambicionava apareceu já no colégio, e o filho e a filha que desejava ter foram concebidos sem grandes esforços.

Seria ela, então, uma criatura excepcionalmente privilegiada? Ou uma criatura menosprezada pela vida, desprovida do que outras pessoas tinham? David tinha seus ideais e inquietudes, Bee tinha seus desvarios tempestuosos, e Tom estava vivenciando uma experiência que jamais poderia compartilhar com ela. Até mesmo Sibyl... Até mesmo Donnelly...

Sou como uma boneca, pensou ela. Não sou de verdade. À mesa do jantar, em família, o sentimento de irrealidade a assombrava. Cada um falou de seu dia, e era tudo palpável, cristalino, compreensível para todos. Mas seu dia parecia mais um sonho. Se tentasse descrevê-lo, quem acreditaria? Quem compreenderia os cofres, a financeira, a loja de penhores, o salão privativo, ou mesmo o sr. Hoopendyke no vagão para fumantes?

Ela sentou para escrever uma carta a Tom. Ainda se sentia irreal, entorpecida. Quem era aquela pessoa, tentando escrever uma carta?

QUERIDO TOM,
Não sei onde você está. Não sei quem eu sou. Tom, estou em maus lençóis...

Pode ficar tranquila, disse Donnelly. Vou tirar o Murray da cadeia, disse ele. E vou dar um jeito no Nagle. Mas ficar tranquila não era uma opção. Ela estava presa em uma correnteza que a puxava para longe da praia, cada vez mais longe.

Passou a noite toda agitada, sonhando com o mar. Sonhou que estava nadando, apostando corrida com a sra. Lloyd, e todos os seus entes queridos estavam à margem, assistindo. A sra. Lloyd usava uma touca com violetas bordadas e deslizava pela água com esmero, ao passo que Lucia penava para conseguir acompanhá-la, constrangendo sua família com movimentos desajeitados.

Ela acordou e se levantou às pressas para reler a carta para Tom e certificar-se de que não tinha escrito nada sobre "maus lençóis" de fato, ou nada que ele pudesse ler nas entrelinhas. Acho que não..., disse a si mesma. É uma carta como outra qualquer. A ladainha de sempre.

Ela voltou para a cama e sonhou que estava em um barco a remo, com uma pedra enorme em um assento. Ela remava com todas as forças, mas o barco não saía do lugar, com todo aquele peso. E ela precisava sair dali, rápido. Havia algo na casa-píer, prestes a vir atrás dela, algo perigoso e medonho. Agarrada aos remos, de repente ela se deu conta de que o perigo em seu encalço era a própria pedra. Se tardasse a chegar a um ponto seguro, a pedra se transformaria em alguma outra coisa.

Já estava se transformando. Duas figuras se moldavam no topo, pareciam orelhas. E a pedra dilatou-se um pouco, quase como se respirasse. Então investiu contra Lucia, e ela acordou, suando de pavor. Soprava um vento forte, e a chuva invadia o quarto pela janela aberta. Um ruído se fazia ouvir, era como se a própria noite estivesse rugindo.

Lucia saltou da cama, fechou a janela e, ainda descalça e de pijama, dirigiu-se ao quarto de Bee. Estava escuro lá dentro, a ventania invadia com tudo, e ali estava sua filha, inconsciente, desamparada. Ela fechou a janela e seguiu para o quarto de David. Ele também estava adormecido, embora chovesse direto em suas costas. Ela tirou o lençol ensopado da cama e cobriu-o com uma manta, e ele não moveu um músculo.

Lágrimas corriam pelo rosto de Lucia. Ela ficava com o coração dilacerado só de pensar nos filhos desprotegidos, debaixo de chuva. Ela seguiu até o quarto do pai, no fim do corredor, e viu por baixo da porta que a luz estava acesa. Ela bateu, e ele disse "Entre! Entre!", com sua velha voz firme.

Ele estava de pé junto à janela, em seu pijama de flanela, fumando um cigarro.

"Em uma noite como essa, navegar não é nada preciso, não é mesmo, capitão?", comentou ele.

"Nem me fale!"

"Minha nossa, o que houve? Você está chorando, querida?"

"É só a chuva. Eu estava fechando as janelas das crianças."

"Sente-se e fume um cigarro comigo", disse ele. "Estou com aquele maço que você trouxe, querida. Aqui! Sente-se. Essa poltrona é puro aconchego!"

DEZESSEIS

"Queria tanto que você convidasse a sra. Lloyd para um chá!", disse Bee durante o café da manhã, em um tom de reprovação.

"Vou convidar", respondeu Lucia. "Vou ligar para ela depois do café."

"O carteiro!", gritou David, num sobressalto.

Ele correu até a porta e voltou, contente, vasculhando o bolo de cartas que trazia em mãos.

"Anda logo!", pressionou Bee. "Chegou alguma coisa para mim?"

"Calma!", exclamou David.

"Mãe, fala para ele parar de enrolar!", demandou Bee.

"*Calma*! Já falei para ter calma!", retrucou David. "Tem duas cartas do papai para você, mãe. Uma para você, vô. Uma para mim, do papai também. E aqui está a correspondência de suma importância da srta. Beatrice Holley. Uma carta da associação de ex-alunos, e uma dos confins de Boothbay... Deve ser da Edna. Nossa! Tem uma carta do Jerry, Bee. Abre para a gente ver se ele ainda está na China!"

"Vou abrir quando eu bem entender", disse Bee.

Sentados à mesa, todos abriram suas cartas. As missivas

de Tom estavam estranhas, pensou Lucia. A caligrafia dele, outrora límpida e afiada, estava irreconhecível, diminuta. Não eram cartas escritas pelo punho dele. Não era um papel que tinha sido manuseado por ele. Aquelas letrinhas tinham passado de mão em mão -- sabem-se lá quantas.

> Mandei umas fotos para o David. Adoraria receber fotos da casa. Fico contente só de pensar em vocês todos por aí, longe da cidade grande. Não se preocupe, suas cartas não são "maçantes", minha meninona. São justamente o que eu quero. Quando leio, sinto que nossa vidinha continua, a mesma de sempre. Eu vivia no paraíso e não sabia. Fim do papel. Com amor, beijos para você, as crianças e o vô. Em especial para você.

Na segunda carta, ele dizia:

> Quero saber de cada detalhe. Os homens aqui comentaram que as esposas deles andam se queixando do racionamento, dizem que faltam carne, manteiga e afins. Como você está se virando? Você nunca diz muita coisa, meninona.

Tom... ela repetia a si mesma. Tom... E imaginou que, se ele entrasse no quarto naquele instante, ela não teria nada a lhe dizer. Apenas o nome dele, apenas Tom.
"Você não vai ligar para a sra. Lloyd, mãe?", indagou Bee. "Se não ligar agora, vai acabar esquecendo."
"Não sou tão esquecida assim!"
"Ah! Conta outra, mãe!", protestou Bee, rindo.

"Eu não acho a sua mãe esquecida", disse o sr. Harper. "Muito pelo contrário. Ela se lembra de tudo, pelo que me parece. Sabe, mocinha... Uma mulher com uma família e uma casa para cuidar vive com a cabeça ocupada. Como uma executiva em uma empresa."

"Eu sei, vô. Só estava brincando."

"Bem...", disse o sr. Harper, com o coração amolecido. "Qualquer dia você vai entender, Beatrice, quando tiver a sua própria casa."

"Dá licença", interrompeu David. "Vou encontrar um amigo."

"Espera!", disse Bee, e correu atrás dele. Lucia pôde vê-los conversando no *hall*.

Por mais que aquecesse seu coração, a amizade dos dois sempre a surpreendia. Ela se recordou de um dia, muito tempo atrás, quando eram pequenos, ainda com três e cinco anos. Ela estava escrevendo uma carta na sala de estar, e os dois brincavam no cercadinho, na sala ao lado, com a porta aberta. E, enquanto pensava em algo para dizer na carta, entreouviu a conversa deles. As duas criaturinhas que ela trouxera ao mundo tinham uma vida própria, independente dela. Podiam contar um com o outro.

Ela os escutou com tanto entusiasmo, que mesmo agora se lembrava da conversa. Estavam fazendo planos infantis. "Você pega o seu cavalo, David", dizia Bee, "e eu fico com a Lilacker." Lilacker era a boneca predileta de Bee, uma boneca sagrada, que ficava guardada no armário. Até aquele dia, Bee costumava brincar sozinha com ela. Tinha acabado de deixar o irmão brincar junto. Como é bom saber que, mesmo depois que eu morrer, eles vão seguir em frente!, pensou Lucia, encantada.

Por que você fala tanto em morrer?, Tom tinha perguntado a ela uma vez. Não curto muito. Ah..., disse ela. Não sei ao certo. Isso de ter filhos talvez deixe a gente assim. Eu não me sinto assim, disse Tom. Fiz meu seguro de vida, deixei tudo arranjado. Mas não fico pensando na morte o tempo inteiro.

Talvez seja mórbido de minha parte mesmo, pensou Lucia. Uma tremenda presunção, de certa forma. Mas é mais forte do que eu. Quando eles eram pequenos, eu pensava que ninguém mais entenderia como a Bee se sentia a respeito da Lilacker. Ninguém mais entenderia por que o David não fazia as orações direito. Ele não conseguia dizer "Rogo ao senhor que leve a minha alma". Dizia sempre "proteja". Não queria que ninguém "levasse" sua alma. A ideia o assustava. Ainda sou assim. Ainda acho que sou a única...

Ela telefonou para a sra. Lloyd.

"Eu adoraria fazer uma visitinha", disse a sra. Lloyd. "Que tal hoje à tarde? Só que a Phyllis não vai poder ir junto, ela tem aula de dança. Quatro e meia é muito cedo? É que se eu não chegar em casa *pelo menos* uma hora antes do jantar, as coisas desandam. *Por que é que*, bem na hora que o jantar está na mesa, cada um se tranca em um banheiro? Ficam lendo, eu sei. Ou ficam pendurados no telefone. Deve ser psicológico... mas *por que* todo mundo fica com essas questões psicológicas justo na hora do jantar?"

A sra. Lloyd a tranquilizava. Lucia gostava dela.

"Sibyl, a sra. Lloyd vem para o chá. Você pode fazer aqueles biscoitinhos?"

"Que tal umas broinhas, senhora?", sugeriu Sibyl. "A receita não leva óleo. Podemos fazer sanduichinhos de presunto também."

"Nada disso", retrucou Lucia.

Ela não podia oferecer aquele presunto à sra. Lloyd, seria inapropriado, pérfido até.

"Daqui a pouco vou ao mercado", prosseguiu. "Do que estamos precisando?"

"Por ora, nada", respondeu Sibyl, com ares de contentamento. "Carne é o que não falta. Agora podemos usar os selos vermelhos para a manteiga."

Ela repassou a Lucia a lista que tinha feito.

"Se puder dar uma passada na companhia de gás, senhora", acrescentou, "diga para mandarem um rapaz para ver a geladeira."

"Vou tentar."

Lucia ficou surpresa quando Bee se prontificou a ir junto.

"Preciso de umas coisas de farmácia", disse Bee. "Podemos ir de carro."

"Não", disse Lucia. "Melhor economizar gasolina para quando precisarmos de fato."

As duas já estavam prontas quando chegou o táxi, Lucia com um velho vestido xadrez, branco e vermelho, todo engomado, e Bee de calça social cinza e camisa branca, severa e perfeita, como muitas vezes se apresentava, o cabelo preso com um lenço azul, em um rabo de cavalo alto, e o arco delicado de suas sobrancelhas pintado de leve. Parecia mais velha, arrumada daquele jeito. Só quando virava o rosto é que Lucia notava o contorno de suas bochechas, o pescoço pueril.

"Sei que você vai ficar decepcionada, mãe", disse ela, "mas não quero mais estudar arte."

"Não tenho por que ficar decepcionada, minha querida."

"Vou falar para você o que eu quero, mãe. Quero fazer o curso de secretariado da escola da srta. Kearney, de dois anos."

"Ouvi dizer que é uma ótima escola."

"A melhor", pontuou Bee. "Você sai de lá com um emprego praticamente garantido, mesmo em tempos de crise."

"Parece uma ótima ideia, querida."

"O papai não vai gostar", disse Bee. "Vai chiar."

"Não vai, não", disse Lucia.

"Ah, mãe! Francamente… Você sabe o que o papai pensa de mulheres de carreira. Vive comentando que elas estão perdendo o melhor da vida."

"Ah, mas imagino que você não pretenda ser uma mulher de carreira, querida."

"É o que eu quero, sim", disse Bee. "Pretendo continuar trabalhando depois de casar."

"Mas se você tiver filhos…"

"Contrato uma boa babá. Juro por Deus, seria melhor para eles do que ficar comigo o tempo inteiro."

"Sem blasfêmia, querida", disse Lucia. "Não vejo como seria melhor para eles. Antes a mãe do que uma babá."

"Essas mães que ficam enfurnadas e não tem vida fora de casa acabam com a mente muito fechada, não tem jeito."

"Bem… Babás não costumam ter a mente lá muito aberta, pelo que me consta."

"Além do mais, acho que toda mulher deveria ser capaz de sustentar os filhos", disse Bee. "Ninguém sabe o que vai ser do mundo depois da guerra. Se for para arriscar botar filhos no mundo, é melhor garantir o sustento para o que der e vier."

"Sem dúvida…", disse Lucia.

Qualquer coisa é melhor do que ser como eu, pensou. Sou um exemplo terrível, simples assim.

Elas seguiram em silêncio por um bom tempo.

"Esse xampu que eu quero... Dizem que é muito bom para cabelo seco", comentou Bee. "O meu cabelo está ficando uma palha!"

"Você lava com muita frequência", disse Lucia.

Esse era um assunto familiar.

"Li um artigo sobre umas mulheres, não sei de onde, que lavam o cabelo todo santo dia", contou Bee. "E são famosas por suas lindas madeixas."

"Não lavo o meu mais do que uma vez por semana", disse Lucia, "e às vezes deixo até mais dias sem lavar. Cá entre nós, está muito bem cuidado."

"É diferente", disse Bee.

É como se eu fosse velha demais até para *ter* cabelo, pensou Lucia.

"Não vejo diferença", retorquiu, com frieza. "Meu cabelo chama bastante atenção, diga-se de passagem. Os cabeleireiros sempre comentam. É bem volumoso, saudável."

Bee olhou para ela.

"Eu sei, mãe", disse, educadamente. "Eu e o David sempre comentamos também."

Ela não tirava os olhos da mãe.

"Não me olhe assim, Bee!", exclamou Lucia.

"Desculpa, mãe", disse Bee, e desviou o olhar.

Elas desceram do táxi no mercado.

"Vou dar uma passada na farmácia e encontro você aqui", disse Bee. "Você vai demorar muito, mãe?"

"Ah, umas horinhas, acho."

O mercado não era *self-service*, mas faltava mão de obra e os clientes já estavam acostumados a vasculhar as prateleiras e pesar as frutas e os legumes por conta própria. O mais difícil era arrumar uma brecha no balcão do caixa para apoiar as compras. As pessoas se acotovelavam e furavam fila entre os desatentos, e às vezes até derrubavam as mercadorias umas das outras. Detesto isso!, pensou Lucia. Quem me dera ser rica e arrogante a ponto de os outros *precisarem* me tratar bem, queiram ou não.

"Estamos sem papel-toalha", disse o atendente. "Talvez chegue na terça. Estamos sem açúcar também. O único requeijão que temos hoje é do tipo pimento, e olha que você deu sorte!"

O telefone tocou e ele se retirou para atender. Lucia ainda aguardava quando Bee apareceu, procurando por ela.

A moça da companhia de gás tratou-a com condescendência.

"Ah, o rapaz ainda não apareceu? Vou dar uma olhada aqui."

"Estou dizendo, ele *não* apareceu", protestou Lucia.

"Talvez vocês tenham se desencontrado."

"Sempre tem alguém em casa."

"Sabe o que é? Ele está sobrecarregado com os chamados de emergência."

"Nosso caso é urgente."

"Não é, não", disse a moça, sem cerimônia. "Não consideramos o seu caso uma emergência. Vou verificar aqui."

"Você poderia me dizer para quando a visita está agendada?"

"Não é assim que funciona. Atendemos a um chamado de cada vez, em ordem."

O taxista da vez era um motorista desconhecido, um homem odioso.

"Deviam deixar a gente cobrar pelas sacolas de mercado", queixou-se ele. "Os caminhoneiros cobram por carga, não cobram? Por que com a gente tem que ser diferente? O pessoal lota o carro, acaba com a suspensão e, quando vai descer, deixa uns míseros dez centavos de gorjeta."

"Dá dez centavos para ele!", sussurrou Bee.

"Eu, não! Vai que depois pego táxi com ele de novo", Lucia sussurrou de volta.

Ele parou em frente à casa e Lucia se inclinou para pagar a corrida. Deixou uma gorjeta de vinte e cinco centavos. Ele não falou nada.

"Não consigo abrir a porta!", disse Bee.

"Puxa a alavanca *para baixo*!", explicou ele. "Com força."

"Parece até que vai morrer se abrir a porta", reclamou Bee.

"Também não faria mal às madames", retrucou ele.

"Quieta!", sussurrou Lucia.

Bee deu conta de abrir a porta. As duas desceram do táxi e carregaram as sacolas cheias até a cozinha.

"David quer saber se podemos servir o almoço mais cedo", inquiriu Sibyl. "Ele quer sair."

"Claro, claro", disse Lucia. "Tudo bem se almoçarmos ao meio-dia e meia, Bee?"

"Tudo", respondeu Bee, já se afastando.

Lucia fez menção de ir atrás, mas Sibyl se aproximou dela.

"O sr. Nagle está aqui, senhora", anunciou ela, em voz baixa.

Lucia olhou para ela.

"Senhora?", disse Sibyl. "Sente-se! Aqui... Tome um pouco de água gelada."

"Onde ele está, Sibyl?"

"Pedi para ele esperar na edícula, senhora. Ninguém mais atinou para a presença dele. Avisei que você talvez demorasse um pouco, até arrumar uma brecha."

Lucia bebeu um gole de água, lutando contra a fraqueza terrível que a acometera. Não, disse a si mesma. Não posso falar com ele. Não posso vê-lo. Não há nada que eu possa fazer. Se eu deixar quieto, uma hora ele vai embora.

Não. Ele nunca iria embora. Era uma certeza. Se ela não fosse vê-lo, ele entraria na casa. Preciso vê-lo, pensou ela. Não me resta opção.

Ela foi tomada por um acesso de fúria. O que o sr. Donnelly está tramando?, bradou para si mesma. O que ele quis dizer quando falou para eu não me preocupar, quando falou que vai dar um jeito?

Mas que *inferno*! Qual é o problema dele?, pensou ela.

DEZESSETE

A raiva a impeliu.

"Vou vê-lo agora mesmo", disse, e se levantou.

A porta de vaivém se abriu e David entrou na cozinha.

"Mãe, mãe!", chamava. "Você pode dar uma olhadinha nisso aqui?"

"O que foi, querido?"

"Olha!", disse ele, estendendo um calhamaço à mãe.

"O que é isso, David? Não pode esperar? Depois do almoço eu vejo."

"Ah, deixa pra lá. Não precisa se preocupar. Depois do almoço vou postar já."

Ele estava chateado.

"Ah, mostra para mim, então", disse Lucia. "Deixa eu ver, David!"

Ele hesitou, mas logo cedeu. Estendeu os papéis para a mãe de novo, um texto datilografado com esmero, as páginas grampeadas.

Ubu estava na entrada da caverna, virava a cabeça de um lado para o outro. Tinha um manto rústico de pele de lobo por cima do ombro e portava um taco de pedra de aproximadamente sete quilos. A caverna ficava em uma montanha, sob a qual se estendia uma floresta, por onde vagavam o tigre dente-de-sabre e outras criaturas selvagens, inimigas dele.

"É uma história, David?", perguntou ela, erguendo os olhos.
"O começo não está de todo mau, não acha?", inquiriu ele. "A gente fica fisgado no Ubu logo de cara, não fica?"
"Claro, claro!"
"Então... Sabe aquele programa de rádio, o *Vigorex Gum*? Eles estão com um concurso para jovens de até dezesseis anos. Para participar, tem que mandar uma história de no máximo mil palavras, sobre uma das grandes invenções que mudaram o curso da humanidade. O prêmio principal é mil dólares em debêntures de guerra. Aposto que todo mundo vai escrever sobre a imprensa, o telefone, coisas do tipo. Eu escolhi a roda. Você vai ver como trabalhei a história."
"Que interessante, David!", disse Lucia. "Que tal nos sentarmos na sala de estar, enquanto termino de ler?"

Nagle vai ter de esperar, pensou ela. Mesmo se eu fosse cruel a ponto de dispensar a história do David, não teria como ir até a edícula agora. O David viria atrás de mim... e o que eu diria a ele?

O sr. Harper estava na sala de estar, mergulhado em um livro.
"Quando você terminar, mãe", disse David, "mostra para o vô! Talvez ele queira ler..."
"Ora, mas é claro! É uma carta?"
"Ah, é meio que uma história", respondeu David, com uma risadinha. "Não se preocupe, vô. Não estou tentando virar

escritor nem nada parecido. É mais pelo prêmio..."

Lucia se sentou para ler a história.

"Nossa, como você lê devagar!", comentou David.

"Eu sei", disse Lucia.

Ela estava se esforçando para desembaralhar a mente e compreender as palavras que lia.

> Ikko saiu da caverna, trazendo nos braços um recém-nascido, carinhosamente embrulhado na pele de uma lebre gigante.
> "Ikko! Veja! Pedra!", gritou Ubu.
> Enquanto Ubu via a Pedra-Maravilha, quase perfeitamente redonda, rolar montanha abaixo, brotou em seu cérebro o grande princípio da Roda. Ele se deu conta de que pedras redondas como aquela poderiam ser usadas para transportar os corpos das feras massacradas...

"O almoço está na mesa, senhora", anunciou Sibyl.

"Só um instante", disse Lucia, e terminou a última página. "Ficou *muito* legal, David."

"Mas a questão é... É interessante?", inquiriu ele.

"É muito interessante!"

"O prazo é depois de amanhã. Eu não queria deixar para a última hora, mas não estava conseguindo acertar o tom. Vou postar logo depois do almoço, sem falta. Só gostaria que o vô desse uma olhada antes."

"Vou ler à mesa, se sua mãe não se importar", disse o sr. Harper.

Bee desceu com uma toalha enrolada na cabeça como uma enfermeira da Cruz Vermelha.

"Experimentei aquele xampu...", comentou ela.

"Um minuto, querida!", disse Lucia. "David escreveu uma história..."

"Ah, eu já li. Achei muito boa."

"Está muito boa mesmo", assentiu o sr. Harper. "Sem dúvida. "Minha única ressalva é... Você verificou tudo certinho, rapaz? Digo, esses animais pré-históricos... Todos eles existiram na mesma era?"

"Sim, senhor", disse David. "Li sobre eles na biblioteca. Fiz muita pesquisa."

Acho que estou com febre, Lucia disse a si mesma. Estou me sentindo tão calorenta.

Tão... esquisita. Preciso ver o Nagle. E se ele cansar de esperar? E se ele aparecer aqui?

Assim que acabou de comer, David saiu de casa, e Bee se retirou para a varanda para deixar o cabelo secar ao sol. Vou ter que dar a volta pelos fundos, pensou Lucia, e se dirigiu à cozinha. Pela janela, viu o pai no quintal, caminhando tranquilo de um lado para o outro, com as mãos entrelaçadas nas costas. Sair pelo quintal também não vai dar, pensou ela. Ele me perguntaria aonde estou indo.

Preciso arrumar uma desculpa. Preciso dar um jeito de ir até a edícula.

"Levei um prato para o sr. Nagle, senhora", disse Sibyl. "E um pouco do uísque do sr. Harper."

"Ah, Sibyl, ótima ideia! E ele... Como estava?"

"Ele está sossegado, por ora."

Por ora, feito um animal perigoso.

"Se quiser subir e descansar um pouco", disse Sibyl, "aviso quando o sr. Harper terminar a caminhada."

Lucia se recolheu em seu quarto, mas não conseguiu se deitar, nem sequer sentar. Ficou junto à janela, de onde podia ver a edícula.

Donnelly... pensou ela. Ele disse para eu não me preocupar. Que diabos há de errado com ele? Que se dane! Foi ele que deixou chegar a esse ponto. É um homem mal-intencionado. Não passa de um vigarista, um mentiroso. Detesto ele. Que se dane!

Ela olhou o relógio e ficou em pânico. Uma e meia! Caminhar esse tanto não deve fazer muito bem para o meu pai, nessa idade...

Força do hábito. Em dias de tempestade, ele andava para lá e para cá em algum cômodo, por uma hora ou mais. Ah, espero que não caminhe tanto hoje! E espero que não mande a Bee entrar. Preciso dar um jeito de sair antes.

Ela não tirava os olhos do relógio. Assim não dá, disse a si mesma. É melhor eu ler um pouco, ou remendar alguma coisa. Ou o tempo vai parecer mais arrastado. Vinte para as duas... Ele *não pode* caminhar esse tanto!

Eram quinze para as duas quando Sibyl bateu à porta.

"O sr. Harper está de volta, senhora", anunciou.

Lucia passou por ela, desceu às pressas, atravessou a cozinha e saiu pela porta dos fundos. Seu pai ou Bee poderiam estar olhando pela janela. Era melhor não correr lá fora. Nem quero correr, pensou ela. O Nagle vai ter de esperar. Que se dane!

Ela cruzou o quintal, chegou à edícula, subiu os degraus da pequena varanda, abriu a porta e adentrou a penumbra embolorada. Não havia ninguém ali, reinava o silêncio. Ela fechou a porta e se deteve, segurando a maçaneta.

"Sr. Nagle?", chamou.

Nenhuma resposta. Será que está escondido?, ponderou. Não. Está lá em cima. Será que está sentado, esperando? E se eu subir e ele estiver à espreita atrás da porta?

E se tentar me matar?, pensou.

Era uma possibilidade bem plausível para ela. Achava Nagle tão misterioso quanto uma criatura de outro planeta. Não pensava nele como um homem, um ser humano, apenas como uma entidade do mal, um perigo absoluto. Ele veio atrás de dinheiro, pensou ela, e se eu deixá-lo de mãos abanando, talvez tente me matar.

Ou talvez não esteja mais lá. Quem sabe ele não cansou de esperar e já não foi embora?

Seria bom demais para ser verdade, disse a si mesma.

"Sr. Nagle?", chamou mais uma vez.

"Aqui em cima!", respondeu ele.

A única coisa a fazer era subir rápido, de uma vez por todas, sem pestanejar. Ele estava sentado em uma cadeira de vime, na sala, de camisa de manga comprida e suspensório lavanda, com seu chapéu de feltro no alto da cabeça. A bandeja do almoço estava no chão e, em uma mesa ao lado, encontrava-se uma garrafa de uísque, junto com um copo.

"Não tenho todo o tempo do mundo, sabe?", disse ele.

"Não consegui vir antes", explicou Lucia.

"Sei, sei... Cansei de esperar. São dez mil agora... E quando digo 'agora', não estou brincando!"

"Não tenho de onde tirar esse dinheiro."

"Tem, sim, com o seu pai. Eu investiguei."

"Não. Não tenho."

"Ou você arruma esse dinheiro agora, ou vai ver só."

"Ah, é?"

"Entrego uma das cartas da sua filha para um cara que eu conheço em um jornal."

"Vá em frente", disse Lucia. "Nenhum jornal publicaria uma carta dessas."

"Espera lá, duquesa", disse ele. "Espera. Quem falou em publicar cartas? Só quero deixar o sujeito na sua cola mesmo. Basta contar para ele que tem uma loira bonitona envolvida no caso Darby, que ele cuida do resto."

"E o que você acha que vai ganhar com isso?", perguntou Lucia.

"Você não faz ideia, duquesa. Não faz ideia."

Ele quer me fazer mal, pensou ela. É isso que ele quer, muito mais do que dinheiro. Ele me odeia.

E essa certeza, de algum modo, despiu-a do medo. Ele não sonharia em me matar, pensou ela com desdém. Encarava-o, e ele permanecia ali sentado, com o chapéu no alto da cabeça, bebendo o uísque de seu pai. Quem me dera bater nele!, pensou Lucia. Quem me dera poder machucá-lo!

"E então?", pressionou ele. "Qual vai ser, duquesa?"

"Esquece", disse ela. "Não tenho como pagar dez mil dólares. Nem mesmo mil."

"Sei, sei... Então recomendo pegar o primeiro trem que aparecer e levar sua bonequinha loira para longe daqui, sem passagem de volta."

"Mas que ideia descabida!", disse Lucia.

"Escuta o que estou falando, é melhor dar o fora. Ou vai desejar nunca ter nascido!"

Ele está blefando, pensou Lucia, admirada, ainda mais desdenhosa. Só está tentando me assustar. Ele não pode fazer nada comigo.

"Você ficou esperando à toa", disse ela. "Vai embora de mãos vazias."

"Vou embora quando eu bem entender. Ainda não deu minha hora."

"E se eu chamar a polícia?"

"Pode chamar. À vontade, duquesa. Sou amigo do Ted Darby. Sei que ele estava envolvido com a sua bonequinha e vim ver se descubro alguma coisa. Se eu mostrar uma das cartas para a polícia, vão colocar a menina contra a parede."

O pior é que pode mesmo sobrar para ela se eu chamar a polícia, ponderou Lucia. Engraçado... Pensando bem, não quero que as autoridades se intrometam, nisso estamos de acordo.

"E então, duquesa?", bradou ele.

"Pare de me chamar assim!", demandou ela, firme e forte.

"Não gosta, é? Que pena, duquesa. Está aí um erro que eu nunca cometi, me envolver com a sua laia, de piranhas da alta sociedade."

"'Da alta sociedade'?", exclamou Lucia. "Só um tolo mesmo para achar que pertenço à 'alta sociedade'."

"Não me venha com essa", disse ele. "Não sou idiota. Conheço muito bem o seu tipinho. Amigos meus já se apaixonaram por mulheres assim. Vocês não prestam, nenhuma de vocês presta. Sempre que um homem se mistura com vocês, já era. Veja só o Darby com..."

"Chega!", disse Lucia. "Saia já daqui!"

"Vou embora quando eu bem entender, já disse, duquesa."

"Você...", ensaiou ela, então hesitou, com um frio na espinha ao ouvir o som de passos na escada.

Pai?, pensou ela. Não, não! Por favor, que não seja o meu pai!

Era Donnelly, altivo e elegante, de terno grafite, com uma flor azul na lapela.

"Mas o que está acontecendo aqui?", indagou ele. "Dava para ouvir vocês dois lá de fora."

"Ele vai entregar as cartas para um jornalista", contou Lucia.

"Quieta!", disse Nagle.

"Deixa ela em paz", ordenou Donnelly. "Mas o que você está fazendo aqui, Carlie? Jogo sujo! Pensei que estávamos de acordo..."

Ele falava com severidade, mas sem denotar raiva.

"Você já conseguiu o seu dinheiro", prosseguiu. Não é o bastante, Carlie? Você não tem o direito de vir aqui."

"Escuta, Marty", disse Nagle, levantando-se. "Se o duelo é o que nos resta, então teremos um duelo. Vim aqui para dar um jeito de tirar essa mulher da sua aba. Você está cego, mas eu, não. Ela vai arrastar você para o fundo do poço."

"Deixa ela em paz", ordenou Donnelly, sem se exaltar. "Você nunca seria capaz de entender."

"Ah, vai para o inferno! Olha como ela está acabando com você! Um homem digno, com um nome a zelar... E pensar que ontem estava passando o chapéu, tirando uns duzentinhos aqui, uns duzentinhos ali... Acha mesmo que eu quero o dinheiro que você arrumou desse jeito? Escuta. Entramos nessa juntos, o combinado era dividir a grana, meio a meio. A mulher não deu o braço a torcer, e você foi lá e fez o quê? Passou o chapéu...

para *me* pagar. Como se eu fosse colocar você na parede! Nunca que eu faria isso! Não quero seu dinheiro."

"Mas você embolsou a grana", retrucou Donnelly, "e disse que a deixaria em paz. Você é um mentiroso, Carlie."

"E daí? Eu menti mesmo, e não vou deixá-la em paz."

"Vai sim, por bem ou por mal!"

Lucia se afastou um pouco para se escorar na parede. Os dois homens se encaravam diretamente. Nagle era mais baixo, um homem acima do peso. Parecia mais velho, mas emanava uma aura potente de seu semblante combativo, de sua postura de guarda. Donnelly, por sua vez, estava com o aspecto vago e turvo de praxe. Não demonstrava muita energia, apenas sua severa paciência.

Ele vai acertar as contas com o Nagle, sei que vai, pensou ela. De uma forma ou de outra. Ela se recostou na parede, sem tomar parte na discussão. Não tinha o que fazer ou dizer. Por um momento, não precisava pensar em nada. Os dois homens estavam conversando, mas ela não escutava nada. Estava só esperando. Estava descansando.

Até que o tom na voz de Donnelly a assustou. Ela olhou para ele, e seu aspecto turvo havia se dissipado. Ele estava atento, a cabeça ligeiramente inclinada, como um animal à espreita.

"Como é que é?", perguntou ele.

"Você me ouviu", disse Nagle.

Estão com medo um do outro, pensou Lucia, notando a mesma postura alerta em Nagle, a mesma contenção corporal. O menor movimento de um faria o outro dar o bote.

"Você falou que o Eddy e o Moe estavam comentando...", disse Donnelly. "Então foi você quem contou para eles."

"Não fui eu, não. Você acha mesmo que pode rodar Nova York como se fosse invisível? Chegar com a mulher no Gogo's, pedir champanhe..."

"Não tomamos champanhe!"

"Certo, então não teve champanhe. Que seja! Foi o Pop quem viu você lá."

"O Pop, é? E foi ele que contou para o Eddy e para o Moe?"

"O próprio. Natural que tenha contado. É a mesma mulher que viram no hotel do Darby, e ele, Eddy e Moe eram bons amigos."

"Natural, sem dúvida", disse Donnelly. "Só um pequeno detalhe: Pop está em Buffalo agora."

Nagle moveu um pouco os pés.

"Talvez tenha mandado uma carta."

"Nunca que ele escreveria uma carta. Ele não me viu no Gogo's. Foi para Buffalo na quinta passada. Você é um mentiroso, Carlie."

"Escuta aqui, Marty..."

"Se o Eddy e o Moe estavam mesmo falando da gente, foi você que contou para eles, Carlie."

Alguma coisa estava acontecendo, alguma coisa estava mudando naqueles dois homens que não se moviam.

"Não contei nada", disse Nagle.

"Você é um mentiroso", repetiu Donnelly. "Se falaram da gente, foi por obra sua. Nunca vou perdoar você."

"Está bem, você venceu. Eles não falaram nada. Só comentei com você para ver se abria os olhos. Não tem como você esconder uma coisa dessas, não dá. Eles vão acabar descobrindo, e vão ficar preocupados. Você fica de conversinha com essa megera da alta sociedade, periga dar com a língua nos dentes. Já pensou? Se falar demais, ela pode entregar você à polícia. E caímos todos nós junto, de quebra. Pelo amor de Deus, Marty, esquece essa mulher! Você nunca se deixou levar por uma mulher assim. Pelo amor de Deus, coloca a cabeça no lugar!"

"Você está implicando com ela. Isso é perseguição", disse Donnelly.

"Deixa ela sair daqui. Eu e você nos..."

Donnelly partiu para cima sem aviso, os braços em riste. Seu punho acertou Nagle na dobra da mandíbula e o impeliu para trás com força. Nagle topou com uma cadeira e caiu no chão, com um baque que chacoalhou a casa toda. Ligeiro feito um gato, Donnelly correu e se ajoelhou do lado dele.

"Ele está ferido?", inquiriu Lucia, em um tom alheio.

"Não", disse Donnelly. "Volte para a sua casa."

Ele estava debruçado sobre Nagle, e ela se aproximou para ver o que ele estava fazendo.

"Marty... Eu..." Ela tentou soltar um berro, mas sua garganta se fechou. "Marty...", sussurrou.

"Sem alarde!", disse ele, rangendo os dentes. "Vá para casa!"

Ela o tomou pelo braço, mas estava rijo feito aço, feito pedra. Donnelly estava com os dedos em torno do pescoço de Nagle, e os olhos pálidos de Nagle saltavam para fora, a língua pendia por entre os lábios ofegantes, o rosto cada vez mais sombrio.

"Marty...", repetiu ela, enquanto puxava o braço dele com as duas mãos. "Pare... Eu imploro... Eu imploro..."

Ela sufocava junto. Com os olhos cravados na terrível expressão de Nagle, ela levou as mãos ao próprio pescoço. Estava sem ar, não enxergava mais nada. Era tudo um breu.

Donnelly a carregou até o sofá abaulado, então levantou seu rosto e segurou um copo junto a seus lábios.

"Beba um pouco", disse ele. "Vai ajudar."

O uísque tinha um cheiro fétido, azedo. Ela tomou uns goles, e de repente afastou o copo com tanta violência, que Donnelly o derrubou no chão.

"É o copo dele...", disse ela.

Ela se deitou um pouco, depois se sentou. Donnelly estava a seu lado, fumando um cigarro.

"Assim que você conseguir", disse ele, "trate de voltar para casa. Consegue se levantar agora?"

"Mas e Nagle...?", ensaiou ela, com muito esforço.

"Eu cuido dele."

"Você matou ele", disse ela. "Matou. Esganou."

"Fiz o que foi preciso."

"Você matou ele. Esganou..."

"Você precisa voltar para casa."

"Você matou ele. Esganou..."

"Não fale assim, querida", disse ele.

"Como *pôde*? Como *pôde*?", indagou ela, e desatou a chorar.

"Fiz o que foi preciso. Ele planejava mandar aqueles dois capangas atrás de você."

"Melhor...", balbuciou ela. "Muito melhor..." Estava aos prantos. "Qualquer coisa... seria melhor... que isso."

"Veja bem!", disse ele, sentando a seu lado no sofá. "Sei que é difícil para você, mas precisa tomar coragem. Precisa parar de chorar. E se alguém chamar e você tiver que descer?"

"Meu Deus!", exclamou ela, em desespero.

Não importava o que acontecia com ela, ou como ela se

sentia, essa era a primeira questão que passava por sua cabeça, como haveria de encarar seu mundo. Seu mundinho, seus filhos, seu pai.

"Me passa o uísque, por favor?", pediu ela. "Se importa se eu beber no gargalo?"

"Tudo bem", disse ele. "Mas vai com calma."

Ela tomou umas goladas.

"Você tem um cigarro?", perguntou.

Ele pegou um cigarro e acendeu para ela.

"Obrigada", disse ela.

"De nada."

Falavam em um tom formal, como outrora faziam. Ela passou um tempo fumando, empertigada no sofá, cada vez mais quieta, juntando forças.

"O que você vai fazer... com ele?"

"Deixa comigo. Volte para casa, vamos. E se fizerem alguma pergunta, diga o seguinte. Diga que me convidou para uma xícara de chá antes da minha partida para Montreal. Diga que, de manhã cedo, quando estava dando uma caminhada, o Nagle apareceu, perguntando por mim, e você o mandou esperar na edícula. Depois de um tempo, você foi ver se ele ainda estava por lá e, do quintal, pôde ouvir nós dois discutindo. Então parou e achou melhor dar meia-volta, deixando que nos resolvêssemos."

"Combinado!", disse ela, franzindo o cenho. "Mas o que você vai fazer com ele?"

"Você pode repetir a história?", demandou ele. "O que vai dizer à sua família, caso façam perguntas?"

"Não precisa. Eu lembro."

"Recapitule comigo uma vez, faça-me o favor."

"Ah... É para eu dizer que o convidei para um chá, o Nagle apareceu perguntando por você, falei para ele esperar na edícula e ouvi vocês discutindo. Agora quero saber o que você vai fazer com ele."

"Vou colocar ele no barco e sair remando."

"Mas que tolice!", disse ela. "Tem sempre um monte de gente na água a essa hora."

"Eu me viro."

"Não, não daria certo. Você não teria para onde levá-lo."

"Vou deixar ele aqui, então, onde ninguém vai vê-lo, e volto mais tarde para buscá-lo."

"Aqui? De jeito nenhum! Não consegue pensar em nada melhor?"

"Não", disse ele.

"Pois então eu vou pensar em algo. O..." Ela ergueu o rosto e olhou para ele, assustada por vê-lo turvo e vago novamente. "Você tem noção do perigo que está correndo?"

"Eu me viro."

"Seu plano é... ridículo. Se o encontrarem com ele, já era para você. Qualquer médico seria capaz de determinar como ele morreu. Você quer que eu diga que deixei vocês dois 'discutindo'. Imagino que esteja pensando em alegar legítima defesa. Bem, ninguém vai acreditar. Você esganou ele."

"Eu me viro."

Ele ficou ali parado, altivo, lento, vago.

"Você é um belo de um imbecil!", exclamou ela. "Você precisa tirá-lo daqui. Vou pegar o carro, parar aqui na porta, e você..."

"Não consigo dirigir", disse ele.

"Mas você sabe dirigir. Você me deu carona..."

"Não consigo dirigir agora. Estou com o braço dormente."

"Como assim?"

"Meu braço", explicou ele. "Não consigo usar."

Ela se deu conta de que ele estava com o braço direito inerte.

"Você precisa mexer o braço!", disse ela. "É psicológico."

"Como assim?", indagou ele, ansioso.

"É fruto da sua imaginação. Você consegue mexer, sim."

"É castigo."

"Castigo? Não é possível que você seja tão estúpido e ignorante! Vou tirar o carro da garagem. Então, você dá um jeito de colocá-lo no carro e levá-lo embora. Depois o deixa em algum lugar e vai para casa. Ninguém precisa saber o que aconteceu com ele. Tome vergonha na cara! Você não é homem o bastante para lutar pela própria vida?"

"Não consigo mexer o braço, de jeito nenhum", disse ele. "Fui castigado para que não pudesse escapar. Volte para casa agora..."

"Imbecil! Imbecil! Seu covarde!", berrou ela. "Deixa de drama!"

Ele não respondeu.

"Pelo jeito, eu é que vou ser obrigada a tomar uma atitude", disse ela.

DEZOITO

"Agora presta atenção!", disse ela. "Vou parar o carro na porta, e então a gente..."

"Não", disse ele. "Não quero que você se envolva nisso."

"Se não me ajudar, vou fazer tudo sozinha. Vou descer a escada com ele e colocá-lo no carro por conta própria."

"Volte para casa", insistiu Donnelly. "Deixe que cuido de tudo, do meu jeito."

"Eu me recuso. Você ainda tem uma chance, tem que tentar. Vou buscar o carro, enquanto você fica aqui e vê se acha alguma coisa para... embrulhá-lo."

"Pelo amor de Deus, me deixe em paz!", suplicou ele.

"De jeito nenhum. Faço tudo sozinha se você não for homem o bastante para me ajudar."

"Eu ajudo", disse ele, a contragosto. Ele soltou um suspiro profundo e levantou a cabeça. "Você tem alguma bagagem grande, por acaso?", perguntou.

"Aqui não. Se bem que... Espera! Temos aquele banco-baú."

Ele olhou para onde ela estava apontando, um longo banco à beira da janela, de tampo acolchoado, coberto de chita, o forro desbotado e embolorado. Ele se aproximou e levantou o tampo.

"Dá para o gasto", concluiu. "Só que está cheio de tranqueira, ferramentas e afins."

"Pode tirar tudo", disse ela. "Ah, pelo menos *tenta* usar a mão direita... Deixa que eu cuido disso!"

Ela se debruçou sobre o banco-baú e tirou de dentro uma espátula, dois estojos para lanternas, vazios, um emaranhado de arame e corda, e jogou tudo no chão. Ela era tão rápida, e ele, tão lento.

"Agora é colocar ele aqui dentro", disse ela.

"Você não dá conta!", protestou Donnelly, meio aturdido.

"Dou, sim!"

"Você não faz ideia..."

"Peguei o Rex, o cachorro do David, quando foi atropelado. Carreguei ele até a nossa casa", gabou-se ela, orgulhosa. "Faço o que for preciso."

"Não isso", disse ele.

Ela se virou para dar uma olhada em Nagle. Era apenas um montículo no chão, coberto com uma toalha de mesa verde, de chenile.

"Vamos!", disse ela. "Precisamos nos apressar."

Donnelly virou o banco de lado.

"Segura o tampo", disse.

Usando apenas o braço esquerdo, ele empurrou Nagle baú adentro. Deixou-o de costas, com os joelhos vergados, pois o baú era muito curto. Levantou o banco de volta, e Nagle se remexeu, ecoando um leve baque.

"Agora, enquanto eu busco o carro", disse Lucia, "dá um ajeitada na bandeja e na garrafa de uísque. E nas ferramentas. Deixa a sala arrumada."

"Pode deixar", disse ele.

Ela correu escadaria abaixo e abriu a porta. Sob o sol reluzente, o medo a paralisou. Alguém vai me ver, pensou ela. O que vou dizer? O que vou dizer?

Não corra. Não olhe para trás. *Pense!* Pense no que dizer a eles. Você precisa pensar.

Ela abriu a porta da garagem e entrou no carro. Pense! Você não vai se safar dessa. Alguém vai perguntar aonde você está indo. Alguém vai entrar no estaleiro. E vai pegar você e o Martin no flagra, arrastando o baú pela escada. O que você vai dizer?

Ela conduziu o carro até o estaleiro e deixou o motor ligado ao sair. Eu *sabia* que economizar gasolina viria a calhar, pensou. Sabia que teria alguma emergência...

Ela abriu a porta e deparou com Donnelly no meio da escada. Ele tinha envolvido o baú na toalha de chenile e amarrado uma ponta feito um saco, que carregava com a mão esquerda, arrastando o fardo aos trancos pelos degraus.

"Ótima ideia!", comentou ela, satisfeita. "Agora precisamos colocá-lo no carro."

Mas não conseguiram. Era muito pesado para ela, e de nada servia Donnelly sem a mão direita.

"Não consegue nem tentar?", reclamou ela.

"Só Deus sabe o quanto eu gostaria."

Ali estavam eles, no gramado diante do estaleiro, com o baú a seus pés, sem conseguir colocá-lo no carro.

"Já volto!", disse ela. "Vou chamar a Sibyl."

Sibyl estava sentada na cozinha lustrosa, lendo uma revista. O sol invadia o recinto. O tique-taque do antigo relógio ressoava, estrondoso.

"Sibyl", disse Lucia, "você pode me dar uma mãozinha, por favor? Preciso colocar uma caixa no carro e está muito pesada."

"Claro, senhora."

As duas se dirigiram ao estaleiro, lado a lado.

"O sr. Donnelly machucou o braço", explicou Lucia. "Mas acho que eu e você damos conta, Sibyl."

Elas penaram, até que por fim conseguiram. O baú ficou no banco de trás.

"Obrigada, Sibyl", disse Lucia. "É melhor você ir na frente comigo, sr. Donnelly."

"Mãe!"

Era o que Lucia temia. Bee estava ali, junto ao carro, o cabelo recém-lavado brilhando como prata à luz do sol.

"Encontrei um motor velho no estaleiro e o sr. Donnelly pediu emprestado", explanou Lucia. "Ele acha que tem conserto."

Não foi nenhum drama dizer aquilo. Ela nem sequer precisou raciocinar. As palavras simplesmente brotaram de sua boca quando precisou delas.

"Mas, mãe, aonde você *vai?*"

"Até a estação."

"Mas, mãe, a sra. Lloyd deve estar chegando..."

"Ah, eu já volto", disse Lucia, sem pensar.

"Mas, mãe, não podemos chamar um táxi para o... sr. Donnelly...?"

"Não, querida", respondeu Lucia. Ela deu a partida. Eles deixaram a garagem e pegaram a estrada.

"Mãe do céu!", exclamou Donnelly. "Só você mesmo!"

"Sabe de algum lugar aonde podemos levar o baú?"

"Não conheço nada por estas bandas."

"Eu também não", disse ela. "Nunca passeei pela região de carro. Vou continuar rodando, então..."

"Boa! Vou ficar de olhos abertos para alamedas ou estradinhas."

Pronto, pensou ela. Consegui arrancá-lo de lá. Ela seguiu dirigindo, tranquila, despreocupada. A brisa suave soprava em seu rosto. Carros e caminhões passavam pela estrada, cada um em sua devida pista, tudo muito organizado. Como uma procissão.

Agora já foi, o que está feito está feito. Consegui demovê-lo de suas ideias tolas. Sibyl jamais vai abrir a boca. Mesmo se soubesse... E talvez saiba mesmo. Não sei. Não importa. Seja como for, aqui está ele.

Ali estava ele, sentado ao lado dela, acompanhando-a na procissão. O grande desfile..., disse a si mesma. Consegui demovê-lo...

"É melhor você ir para Montreal o quanto antes", sugeriu.

"Eu vou", disse ele.

Ela o olhou de esguelha, não acreditava muito nele.

"Você não está falando a sério. Não tem a menor intenção de ir para Montreal."

"Eu só estava pensando...", disse ele, recatado.

Ela foi tomada por uma forte compaixão. Tão indefeso, tão distante dela. Ele não pode ficar remoendo, pensou ela. Deve estar se corroendo, pensou ela. Preciso ajudá-lo a falar.

Restava a eles um assunto apenas.

"O que você veio fazer aqui hoje?", inquiriu ela.

"A Sibyl me ligou. Ela me disse que o Nagle tinha aparecido."

"O que leva você a confiar tanto na Sibyl, quando mal a conhece?"

"É a impressão que ela me passa...", disse ele, ainda com recato. "De uma sabedoria..." Ele fez uma pausa. "Ela é realista", concluiu.

Que palavra curiosa ele escolheu!, pensou Lucia. Ele tornou a ficar em silêncio, e ela se sentiu desconfortável.

"Se pelo menos você conversasse comigo...", disse ela. "Seria bom a gente conversar... a respeito disso..."

"Sem condições. Sinto muito, mas não consigo."

"Não podemos continuar assim. Não podemos simplesmente seguir como se não fosse nada."

"Espero que você esqueça essa história toda", disse ele. "Promete que vai tentar?"

"Esquecer?", retrucou ela, com escárnio. "Nunca. Vou carregar isso comigo até o fim da vida."

"Fiz o que foi preciso", disse ele. "Sabe, o Carlie era um homem estranho. Quando simpatizava com alguém, era um grande amigo, mas não simpatizava com muita gente. E se alguém fizesse mal a ele, nunca esquecia. Uma vez, ele me contou de uma professora que teve quando era criança, no Brooklyn. A mulher já passou dos oitenta, e ele ainda queria dar um jeito de se vingar dela. Quando encrencava com alguém, não largava o osso nunca."

"Mas nunca fiz mal a ele!"

"Ele achava que tinha feito. Achava que você estava tentando desfazer minha amizade com ele."

Fez-se um longo silêncio.

"Tinha outras questões também", prosseguiu ele. "A primeira vez que ele foi ver você, voltou amargurado. Estava magoado."

"Magoado? Aquele homem?"

"Ele me disse que você olhou feio para ele, você e a menina. Disse que foram esnobes. Como se ele fosse um capacho sujo... palavras dele."

"Fiquei com medo dele."

"Não deixou transparecer, então. Mas, também, ele tinha muita raiva de mulheres da alta sociedade."

"Você sabe que não sou uma 'mulher da alta sociedade'."

"Era a expressão que ele usava", comentou Donnelly, em um tom sério e cortês. "É o que chamam de 'burguesia' no Velho Mundo. Era como ele via mulheres com status, mulheres de família, nome e sobrenome. E, para ele, sempre acabavam pisando em homens para manter o prestígio."

"Ele era um homem vingativo, ignorante."

"Talvez", disse Donnelly. "Culpava os pais pela educação que não deram a ele, por não terem bancado uma faculdade. Quando completou catorze anos, foi obrigado a trabalhar para o pai, um açougueiro, e guardava rancor por isso. Era um homem inteligente. Uma pena que não tenha estudado em uma boa escola."

"Você... gostava dele?"

"Gostava."

"Mas..."

"Fiz o que foi preciso", disse ele. "Quando ele enfiava alguma ideia na cabeça, era para nunca mais tirar. E, por descuido, deu a entender o que pretendia fazer. Se ele tivesse mandado o Eddy e o Moe atrás de você, seria o seu pior pesadelo."

"Por quê? O que eles fariam comigo?"

"Você não entenderia. Não conhece ninguém como eles, e nunca vai conhecer."

"Por acaso são... capangas?", inquiriu ela, timidamente, com receio de magoá-lo, mas ávida por saber mais.

"Não", disse ele.

"Mas... quem são, então?"

"Você não entenderia."

"Nem se você me explicar?", disse ela.

"Não."

Ele fez uma pausa e tornou a falar.

"Tem uma entrada à esquerda ali", apontou. "Que tal?"

Ela desacelerou e examinou a saída, uma via agradável, encoberta pela copa das árvores. Não havia prédios à vista, nenhum sinal de tráfego.

"Podemos tentar", disse ela.

"Não temos tempo a perder", disse ele.

"Como assim? O que você quer dizer com isso?"

"Você precisa voltar para casa."

Que coisa estranha para se dizer, ponderou ela, assustada. Mesmo para se pensar, considerando a outra questão...

Nagle está aqui, pensou ela, em choque. No carro. No baú.

Ela estava dirigindo por aquela estradinha sossegada, com um homem morto no carro, um homem assassinado. Se qualquer coisa desse errado, significaria... só Deus saberia dizer o quê. Não vai dar!, pensou ela. É loucura. Não vamos conseguir sair dessa.

Ela olhou para ele. Ele estava com o rosto virado, fitava o matagal que ladeava a estradinha. Pense no que poderia acontecer com ele...

"Sr. Donnelly...", disse ela, um pouco estridente, "precisamos conversar. Precisamos de um plano, uma história. Para alegar legítima defesa."

"Ah, pode deixar, que penso em uma história."

"Precisamos bater as nossas histórias, você não entende?"

"Não tem por que você pensar em uma história", disse ele. "Ninguém vai incomodá-la por isso."

"Você é que pensa! Algo pode dar errado a qualquer instante. A situação pede um plano meticuloso."

"Eu vou traçar um plano, pode deixar."

"Precisa ser agora! O tenente Levy está no meu encalço, com o caso do... Ted Darby. Ele pode muito bem voltar a me procurar e fazer novas perguntas. Ele... Acho ele muito esperto."

"Tenente Levy? Da polícia?"

"Do Departamento de Polícia de Horton. E se ele entrar na edícula? E se encontrar alguma coisa lá, algo que deixamos passar?"

"Olha!", disse Donnelly. "Tem um lago, passando aquela curva. Dá para ver daqui."

Estavam em um trecho plano da estradinha agora, cruzando um pequeno vale. Ela pisou fundo.

"Vai mais devagar", disse ele, sem perder a calma. "Tem uma curva logo adiante."

Um conversível surgiu na direção contrária, com dois soldados.

"Eles nos viram!", exclamou ela. "Podem nos identificar!"

"Não fique nervosa", disse Donnelly. "Você está tremendo."

"Só quero acabar logo com isso!"

O escapamento soltou um estalo, e ela, um berro.

"Sem gritaria, por favor!", disse ele, aflito.

Um novo estalo se fez ouvir. Parava e voltava. Donnelly se inclinou para frente.

"O medidor de combustível está quebrado", comentou ele.

"Eu sei."

O carro parou. Ela virou a chave e nada aconteceu.

"Vou abrir o capô e ver se consigo dar um jeito", disse ela.

"Não vai adiantar nada", disse ele. "Acabou a gasolina."

"Meu Deus!", bradou ela.

"Sem blasfêmia, por favor! Não é do seu feitio."

"O que é que a gente faz agora? Deus do céu, o que a gente faz?"

"Está tudo bem", disse ele. "Não poderíamos ter parado em um lugar melhor. Tenha calma. Aqui! Fume um cigarro!"

"Tem um carro vindo!"

"Tranquilo. Não vão ver nada de mais, só duas pessoas fumando um cigarrinho."

"O baú!"

"As pessoas levam cada coisa em seus carros! Normal."

"Ah, você não *entende*? Toda essa gente pode dizer que nos viu por aqui. Depois de encontrarem... isso."

"Não vão encontrar. Fume o seu cigarro, que então digo o que vamos fazer."

Estou tremendo, pensou ela. Antes não estava. É o fim da linha. Ficar aqui sentada, até alguém nos pegar.

"Não vamos conseguir sair dessa", disse ela.

"Calma! Escute o que tenho a dizer. Vamos sair dessa, sim, contanto que você me escute. Você precisa se recompor."

"O que eu posso fazer? O que é que me resta...?"

"Venha comigo!", disse ele. "Vamos caminhar um pouco, até a estrada."

"E deixar... o baú?"

Ele saiu do carro e estendeu a mão — a esquerda — para ela. Ela pegou a mão dele e saiu também. Ainda segurando a mão dela, ele começou a se afastar do carro.

"Vou dizer para você o que precisa fazer", disse. "Tem que seguir o passo a passo direitinho, ou já era para nós dois. Você precisa ir para casa o quanto antes."

"E deixar você aqui, à mercê dessa situação? Nem pensar!"

"Escute, por favor. Sua filha comentou que vocês estavam esperando visita. A sra..." Ele parou um instante. "Sra. Lloyd."

"Como você se lembra disso?"

"Tenho boa memória. Se você não for para casa, sua família vai ficar preocupada. Se demorar muito, vão mandar a polícia atrás de você."

"Ah...!", exclamou ela, com raiva.

"E não queremos isso, não é mesmo?", disse ele. "Você precisa voltar para casa o mais rápido possível. Você vai fazer assim... Passamos por um posto de gasolina na estrada, um pouco antes de pegarmos esta saída. Não é uma caminhada longa. Você vai até lá e vai pedir para chamarem um táxi para você, para levá-la até a estação de trem. Não comente com ninguém que seu carro enguiçou. Ou vão pensar que você se desentendeu com um homem ao volante..."

"Não posso fazer isso."

"Ah, pode, sim", disse ele. "Mas gostei de como você me respondeu agora, ligeira. É assim que tem que ser. Agora, quando você chegar em casa... Você está prestando atenção?"

"Estou."

"Esquece a história da discussão na edícula. Não serve mais. Você vai dizer o seguinte... Está me escutando, querida?"

"Estou."

"Então, a Sibyl comentou com você que o Nagle tinha dado as caras, e que ela tinha pedido para ele esperar na edícula. Bem, você já tinha visto o Nagle antes e não gostava muito dele. Desconfiava que estivesse metido em contrabando. E resolveu não se encontrar com ele. Você o deixou esperando, na expectativa de que ele fosse embora. Entendeu?"

"Entendi."

"Aí eu entro em cena. Vocês têm mesmo um motor velho na edícula?"

"Temos, sim."

"Assim que arrumar uma brecha, livre-se dele. Jogue no mar. Bem, você tinha falado para mim que eu podia pegar o motor emprestado, para tentar consertar. Então, depois do almoço, imaginando que o Nagle já tivesse ido embora àquela altura, você foi até a edícula, revirar as tranqueiras para pegar o motor. E não deu outra... Não havia sinal do Nagle. Você nem chegou a vê-lo. Foi quando apareci, e você vai dizer que me deu uma carona até a estação. No trajeto, você chegou a perguntar o que eu pretendia fazer com o motor, e comentei com você que levaria para um amigo em um estaleiro, que daria uma olhada nele. Você vai se lembrar de tudo isso?"

"Vou, sim", disse ela, resistindo internamente a cada trecho daquela história.

"Bem, eu estava com o braço machucado e, por gentileza, você se ofereceu para me levar até o estaleiro. Acontece que o medidor de combustível do seu carro está quebrado, e você só se deu conta de que estava sem gasolina quando o carro morreu. E achou melhor voltar para casa, ou sua família ficaria preocupada. Por isso, deixou o carro comigo e pegou um trem."

"Mas e você?"

"Vou dar um tempo para você seguir a sua parte do plano. Depois vou até o posto e telefono para um amigo meu de Nova York. Ele vai trazer gasolina para mim. Vai me ajudar com o baú, e voltaremos para Nova York. De lá, vou pegar um trem para Montreal."

"Não", disse ela.

"Como assim, não?"

"Não posso... Como está o seu braço?"

"Está melhor."

"Consegue mexer?"

"Um pouco."

"Deixa eu ver."

Ela ficou admirada – ele estava rindo.

"Qual é a graça?"

"O jeito que você fala comigo."

"Desculpa", disse ela, friamente.

"Eu gosto. Mas não precisa se preocupar comigo. Já faz um bom tempo que sei me cuidar."

"Eu sei", disse ela. "Mas..."

Ela se lembrou dele na edícula, tão indefeso, tão vago. É castigo, foi o que ele disse.

"Quero ver você mexer o braço", ordenou ela.

"Ah, tem hora que não consigo mexer muito. Vai e volta. Mas o que quer que seja, já está passando."

"E se o seu amigo não estiver em casa quando você telefonar?"

"Amigos não me faltam."

"Vai demorar um bocado para virem de Nova York até aqui,

são horas de estrada."

"Bem, tem uma boa sombra logo ali, onde posso esperar tranquilo. Estou com uns cigarros, e uma garrafa de uísque no bolso."

"Nada de bebida!", exclamou ela. "Ou vai acabar fazendo besteira. Não encoste na garrafa!"

"Eu não me atreveria a beber muito. Mas sabe como é... uma gotinha de uísque... Acho que lhe faria bem, inclusive, pálida do jeito que está."

Um carro surgia no horizonte.

"Ai, meu Deus! Ele vai cruzar com o meu carro!", exasperou-se ela.

"Está tudo bem", disse Donnelly.

"Mas se ele vir o carro parado ali, sem ninguém dentro, talvez pare. E se resolver dar uma olhada e encontrar o baú?"

"Mas por que alguém faria isso, querida? Ninguém vai parar. Pense comigo. Ninguém mais no mundo sabe o que tem dentro do baú, e se você fizer a sua parte certinho, ninguém nunca vai ficar sabendo."

Ela queria parar e observar o carro que vinha, mas ele a tomou pela mão e seguiram rumo à estrada. Quando o carro desapareceu, ele soltou a mão dela e vasculhou o bolso do paletó.

"Tenho um negócio aqui, que acho que vai gostar", disse ele, estendendo a ela três pequenos comprimidos, amarelo vivo.

"O que é isso?"

"São calmantes. Um comprimido já dá conta para você. É só tomar, que vai ter uma boa noite de sono."

"*Você* toma essas coisas?"

"Tomo, sim."

"Que hábito terrível!"

"Não gosto de passar noites em claro."

Ele soltou os comprimidos no bolso do vestido dela e tirou a carteira de outro bolso do paletó. Abriu a carteira com uma única mão e, apoiando-a contra o peito, puxou algumas notas.

"Você não está mexendo seu braço direito!", disse ela.

"Você está sem dinheiro", disse ele. "Aqui, é melhor se precaver."

Ela enfiou as cédulas no próprio bolso sem sequer olhar para elas. Estavam se aproximando da estrada já.

"Mande um telegrama de Montreal", pediu ela.

"Pode deixar", disse ele. "E mantenha a calma. Ninguém mais no mundo sabe do Nagle. Ele está sempre de um lado para outro. Não vão dar falta dele por um dia ou dois. E ainda vai levar um tempo até ser encontrado. Quando o encontrarem – se é que vão encontrá-lo –, não vai ser no baú. Ninguém vai saber o que aconteceu com ele."

Ela avistou um grande caminhão verde. A estrada estava logo adiante.

"O posto de gasolina fica ali, à esquerda", indicou ele. "Você vai para casa agora e vai se lembrar da história, não vai?"

"Não consigo", desabafou ela, Faltavam-lhe palavras. "Simplesmente não consigo. Estou tão... cansada, esquisita. Não consigo seguir em frente."

Ele tirou a garrafa de uísque de um bolso lateral.

"Você precisa ir para casa", insistiu ele. "Você sabe que precisa ir, não sabe, querida?"

"Eu sei..."

"Não se preocupe, que não bebi no gargalo", comentou ele, um tanto exasperado. "Ninguém encostou nesse uísque desde que você tomou uns goles."

Ela bebeu um pouco, e parecia fraco, quase sem gosto. Ela continuou, gole após gole.

"Acho que já está bom, não?", disse ele. "Periga deixar você zonza. Esse *scotch* é dos bons, um McCoy. Você entende de uísque, pelo jeito."

"É do meu pai", disse ela.

De repente, só de mencionar o pai, ela ficou estupefata. Não posso beber o uísque do meu pai! Toma!, pensou ela. Isso não pode ser verdade. Não! Sem chances!

"Você vai para casa agora?", perguntou ele.

"Vou..."

"Você salvou minha vida hoje", disse ele. "Perdi o prumo uma hora. Eu jamais teria tirado ele da casa se não fosse por você."

Você o matou por minha causa, pensou ela. Para me manter sã e salva.

"Aqui, à esquerda", disse ele. "Não fica muito longe."

"Eu sei... Tchau. Vê se toma cuidado..."

"Pode deixar", disse ele. "Tchau. Fique com Deus."

DEZENOVE

Lá estava a casa. Pela janela do táxi, já dava para ver. Ela voltava exatamente da mesma forma como havia partido, sem chapéu, em seu vestido xadrez, vermelho e branco, sem sequer carregar uma bolsa. Nada de pó de arroz, nada de espelhinho, nada de pente. Ela não fazia ideia do quão esquisita ou tenebrosa talvez estivesse sua aparência.

Sentia que não tinha forças para subir os degraus da entrada. O táxi foi embora e ela permaneceu imóvel.

A porta se abriu e Bee veio correndo para junto dela.

"Mãe!", bradou ela, com a voz estremecida. "Eu estava tão preocupada! Quase tive um treco! Onde você estava com a cabeça, mãe? A sra. Lloyd ficou quase uma hora esperando..."

"Acabou a gasolina", disse Lucia.

"Mas o que você foi fazer, afinal? *Por que* saiu com aquele homem?"

"Não quero responder mais perguntas".

"Então é assim? Coloque-se no meu lugar um pouco! Servi o chá para a sra. Lloyd... Tentei puxar assunto com ela." Bee estava chorando. "Falei que você voltaria logo. Comentei que devia ter acontecido alguma coisa com o carro, não tirava isso da cabeça. Um *acidente*..."

"Sinto muito por ter deixado você tão preocupada", disse Lucia, e continuou andando. "Mas estou cansada agora, Bee. Quero tomar um banho..."

"Mãe, você está com bafo de álcool! Você andou *bebendo*?

Ela encarava a mãe diretamente, as pupilas dilatadas, uma torrente de lágrimas pelas bochechas.

"Não ouse falar assim comigo", disse Lucia, impassível. "Se eu quiser tomar um coquetel de vez em quando, que mal tem? Não me venha com essa de que 'ando bebendo'."

Bebi uísque no gargalo, em uma estradinha erma, pensou ela. Só quero que me deixem em paz.

"Dá licença", disse. "Quero descansar um pouco antes do jantar."

"O tenente Levy está aqui em casa!", comentou Bee.

Deixem-me em paz! Deixem-me em paz!, Lucia suplicava em seu íntimo. Ela esperou um instante.

"Estou muito cansada", enfim disse. "Pede para ele voltar amanhã."

"Você *tem que* recebê-lo, mãe. É um policial. Não pode deixar para depois."

"Posso, sim", refutou Lucia. "Não deve ser nada de mais."

"Mãe", disse Bee, "não piore a situação. Quando o tenente Levy me perguntou que horas você voltaria, eu nem soube o que dizer. *Não sabia onde você estava!*"

"Mas por que vocês precisam saber onde estou o tempo todo?"

"Mãe!"

Aquela palavra era como uma onda, uma correnteza que a puxava. Mãe! Por onde você andou? O que está fazendo?

Abre a porta quando eu bater. Responde as minhas perguntas. Tem que estar sempre disponível, à mercê, o tempo inteiro. É… desumano…, pensou.

"Vou falar com o tenente Levy", disse ela, sem rodeios. "Pode avisar que já vou descer."

O pai dela apareceu no *hall* de entrada assim que ela pôs os pés dentro de casa.

"Minha querida! Estávamos exasperados…"

"Oi, pai!", disse ela, em um tom feliz e estridente, e então passou por ele e seguiu para seu quarto. Ela virou a chave da porta e parou diante do espelho.

Imaginava que estivesse imunda, sebosa, pálida, esquisita. Mas não era o caso. Estava com o cabelo ligeiramente bagunçado, umas sujeirinhas no rosto, mas, de modo geral, até que estava apresentável, uma típica dona de casa interiorana, com seu vestido xadrez.

Ela tomou um banho e penteou o cabelo. Colocou um vestido marrom de viscose, com babados na cintura e mangas bufantes. Provocante, como tinha descrito David uma vez, em reprovação. Ela mesma não curtia o vestido, mas pouco importava. Passou um batom, mais do que costumava passar, e por alguma razão inconcebível, coroou o traje com um colar verde de pedras.

Deve ser um novo inquérito sobre Ted Darby, pensou ela. É só responder as perguntas, e pronto. O episódio com Ted Darby parecia um passado tão distante já, tão trivial. Se não fosse pelo meu pai, pensou ela, contaria a verdade ao tenente Levy agora mesmo. Não há nada de tão terrível nessa história, nenhum crime.

Levy se levantou quando ela entrou na sala. Ficou parado diante dela, um homem alto, desajeitado, com seus pés grandes, suas orelhas grandes, mas sem nunca perder a dignidade, a leve melancolia.

"Peço desculpas por incomodá-la de novo, sra. Holley", disse ele. "Sabe como é, ossos do ofício... Não costumo ser muito bem-vindo."

"Imagina!", disse Lucia, em um tom caloroso. "Aqui não tem disso! Fique à vontade, tenente. Pode acender um cigarro, se quiser."

"Não, obrigado", disse ele, e esperou que ela sentasse para sentar também. "Minha empregada comentou comigo que as coisas andam complicadas. Imagino que vocês, mulheres, passem boa parte do dia administrando os suprimentos da casa."

"Ainda bem que posso contar com a Sibyl! Ela é ótima."

"É ela quem faz as compras da casa?"

"Ah, às vezes eu faço. Mas ela se vira muito melhor do que eu."

"Minha empregada disse que o segredo para conseguir as coisas é frequentar sempre o mesmo mercado, ganhar intimidade com os atendentes."

"Verdade", assentiu Lucia.

Preferiria que ele fosse direto ao ponto, pensou ela. Que amolação!

Mas, ao menos, ela reconheceu os esforços dele para estabelecer uma atmosfera tranquila e agradável. É a estratégia mais sensata para fazer uma pessoa baixar a guarda e começar a falar, pensou ela. E ele tem a personalidade perfeita para desarmar as pessoas, uma voz calma e vagarosa, um sorriso afável, um jeito polido de escutar tudo o que lhe dizem, tintim por tintim. Contudo ela estava alerta e pretendia seguir assim. Seria capaz de notar qualquer mudança de tom na conversa, qualquer flutuação.

Ele continuou discorrendo sobre a empregada, uma tchecoslovaca com uma história e tanto. Enviuvara-se aos trinta e cinco anos, em terras estrangeiras, com três filhos para cuidar, e fez de tudo para lhes oferecer uma boa educação. Seus dois filhos estavam na Marinha agora, e a filha já tinha se casado.

"E ela continua dando duro", comentou ele. "A única coisa que a tira do sério é a escassez de sabão. Ela me pediu, meio sem jeito, para eu tentar arrumar uma caixa de sabão em flocos. E não consigo encontrar nenhuma das três marcas que ela listou, de jeito nenhum, apesar da minha alta patente." Ele abriu um sorrisinho. "Chegaram a me oferecer uma marca chamado Silverglo. Você acha que vale?"

"Olha...", disse Lucia. "Acho que não é sabão de verdade, mas dá para o gasto e é bem mais fácil de conseguir mesmo."

"Silverglo...", repetiu ele, e colocou a mão no bolso.

Ele vai tomar nota, pensou Lucia, entretida.

"Isto é seu, sra. Holley?", inquiriu ele, segurando um pedaço de papel todo sujo.

Ela não queria pegar o papel. Fitou-o, mas não conseguia ler a expressão no rosto dele.

"Poderia dar uma olhada nisto aqui, sra. Holley?", perguntou ele. "Por favor."

Ela não queria ver. Estava com medo. Não posso cometer esse deslize, pensou ela, dizer que... não quero ver.

Ela pegou o papel, com os olhos ainda fixos no rosto dele. E então, com muita relutância, desdobrou-o. Era uma velha lista de mercado sua. A sra. Lloyd tinha mencionado a ela uma lista de mercado encontrada perto do corpo de Ted Darby. *Essa aqui?*, pensou.

Seria uma cilada, uma conspiração sutil e intrincada para fazê-la falar? Ele não vai conseguir me fazer falar, pensou ela. Vou tomar cuidado para não mentir também... É o que ele quer... Quer que eu minta e me atrapalhe.

"Caramba!", exclamou ela, fingindo surpresa. "É uma velha lista de mercado minha! Onde foi que vocês encontraram isso, tenente?"

"Estava embaixo do corpo do Darby", disse ele.

Ele está tentando me deixar abalada, pensou.

"Céus! Na ilha?", perguntou ela. "Fizemos um piquenique por lá. Deve ter caído."

"Acho difícil, sra. Holley. O seu piquenique foi quase duas semanas atrás, e esse papel não pegou nenhuma chuva."

"Tem certeza? Está imundo."

"Sra. Holley, sabe me dizer que dia você fez essa lista?"

"Impossível", disse ela. "Eu coloco esses itens em quase todas as minhas listas. Laranjas, pão integral..."

"Está vendo que aqui diz 'Experimentar Silverglo'? Significa alguma coisa para você, sra. Holley?"

"Não, nada. Às vezes, faço anotações do tipo."

"Segundo as minhas pesquisas, o primeiro anúncio de Silverglo foi veiculado nos jornais no dia 16. Isso refresca a sua memória, sra. Holley?"

"Sinto muito, mas não me diz nada."

Ela entendeu aonde ele estava querendo chegar. A lista não tinha como datar antes do dia 16, e tinham encontrado o corpo de Ted Darby no dia 18.

"Você faz ideia de como esse papel foi parar na ilha, sra. Holley?"

"Não, tenente. Depois das compras, não penso mais nas listas. Largo em qualquer canto. Capaz de ter voado."

Por um quilômetro e meio, em alto-mar, direto para o corpo de Ted Darby?

"Talvez alguém tenha achado a lista no chão..."

"Claro", assentiu ele, educadamente, e esperou. Mas ela não disse mais nada.

"Sra. Holley", prosseguiu ele, "é de meu conhecimento que você saiu cedo de lancha na manhã do dia 17."

"Não sou muito boa com datas, tenente, mas é bem plausível... Costumo acordar cedo. Eu gosto."

"Você avistou alguém na ilha, na ocasião?"

"Não reparei em nada, não", disse ela, fazendo-se de desentendida. "Passei direto, sem prestar atenção."

"A sra. Lloyd prestou um depoimento", contou ele. "Ela reportou que, no dia 17, entre as cinco e as seis horas da manhã, viu uma lancha na baía, com duas mulheres. Ela ficou com a impressão de que as mulheres estavam brigando. Por acaso, você viu esse barco, com as duas mulheres?"

Lucia ficou um instante em silêncio, estupefata. Talvez seja melhor dizer que vi duas mulheres numa lancha, pensou. Talvez facilite as coisas para o meu lado.

Mas não conseguiu dizer nada. Seu espanto estava se transformando-se em raiva. As pessoas são muito levianas, disse a si mesma. A sra. Lloyd fala sem pensar, assim não dá.

"Se tivesse mais alguém de barco por perto", disse ela, "eu

teria visto. No mínimo, teria escutado alguma coisa. Mas não tinha ninguém. A sra. Lloyd não é míope, não? Eu me levantei uma hora, para abotoar o casaco. Se bobear, foi isso que ela viu."

"Ela parece estar certa do que viu, sra. Holley."

"Ela está redondamente enganada", disse Lucia. "Posso *jurar* que não havia nenhum barco com duas mulheres por perto. Pelo menos, não entre as cinco e as seis da manhã. Tenho certeza."

Ao olhar para o rosto de Levy, ela sentiu um medo inesperado. Ele se mostrava sério e paciente, mas não parecia convencido. Será que ele não percebe o tipo de pessoa que é a sra. Lloyd?, pensou. Ela é um doce, mas não tem a cabeça no lugar. Ela acha que viu duas mulheres brigando em um barco, mas não. Eu *sei* que ela não viu.

Ocorreu-lhe, então, que coisas do tipo deviam acontecer em julgamentos com certa frequência. Imagine, pensou ela, sentar no banco dos réus, encarar uma possível pena de morte, para alguém se propor a dar um depoimento desse... Imagine, a pessoa dá o depoimento e ainda acredita no que está dizendo, alegando que você estava em um lugar em que nunca esteve. E talvez você não tenha como provar. Só lhe resta negar.

Ela se lembrou de David voltando da escola um dia, quando era pequeno.

"A srta. Jesser disse que rabisquei o livro de geografia do Petey", ele havia contado a ela, apertando os olhos. "Eu não rabisquei. Mas ela não acredita em mim. Odeio ela! É uma cobra!"

Lucia havia ido conversar com a srta. Jesser, mas não a convencera.

"Não quero que isso vire um problema, sra. Holley. Não é nenhum drama. Na idade do David, as crianças mal sabem a diferença entre a verdade e a mentira."

Lucia jamais conseguira obter justiça por David. Ele havia sido falsamente acusado e nunca tivera a chance de limpar o nome. Talvez já tivesse se esquecido disso, ou talvez não. Talvez isso acontecesse com todas as crianças, em algum ponto da infância, incutindo na mente dos adultos o medo que ela sentia agora, o medo de uma acusação absurda, sem o menor embasamento, brotando do nada, irrefutável.

"Não havia nenhuma lancha na baía", disse ela.

"Sra. Holley", disse ele, "você compreende que, por mais relutante que eu esteja, é meu dever impor a lei..."

"Todas as leis?", indagou ela. "Sejam boas ou ruins?"

"As leis deste país são feitas com o consentimento do povo. Não tem como serem 'ruins'. O que o povo decide é o certo, por direito."

Eles estavam chegando a algum lugar, disso ela tinha certeza. Tudo o que estavam dizendo os conduzia a um destino final. Ele a encaminhava... para algum lugar, e era preciso resistir.

"E não importa se uma lei for injusta para um indivíduo?", perguntou ela, com desdém.

"A lei nem sempre é sinônimo de justiça, sra. Holley. Afinal, o que sabemos nós de justiça? Precisamos de homens mais prudentes, isso é verdade... Para aplicar a justiça a todos. Temos um código, no entanto, um código escrito, acessível para todo mundo."

"E você acha esse sistema tudo isso mesmo?", provocou ela.

"Acho", disse ele. "Não admitiríamos o direito de Deus de punir ou recompensar, se Ele não estabelecesse leis."

As palavras dele a assustavam, a silenciavam.

"Sra. Holley", disse ele, "a minha teoria é que sua filha estava com você no barco, na manhã do dia 17."

"Minha *filha*...?"

"Darby não foi morto no local onde foi encontrado, sra. Holley. Estamos certos disso. E sabemos que Darby esteve na sua edícula em algum momento. Encontramos impressões digitais em vários objetos."

"Qualquer um consegue entrar lá. Qualquer um. E outra... Você disse que o Murray..."

"Já liberamos o Murray, sra. Holley. Um dos advogados criminalistas mais renomados de Nova York veio aqui ontem à noite e pegou o caso dele... O caso não se sustentava muito, também. Ele foi solto."

"Mas a minha filha... Por que você está tentando arrastá-la para essa história?"

"Sua filha está tentando protegê-la, sra. Holley. Está na cara. Eu a interroguei, e ela foi extremamente evasiva."

"Mas do que ela estaria me protegendo?", inquiriu Lucia.

"Sra. Holley, é meu dever informá-la que você tem o direito de permanecer calada. Tudo o que você disser poderá ser..."

"Não *fale* assim comigo!", bradou ela.

Ele se levantou e ficou parado diante dela, uma torre, de tão alto que era. Ela não conseguia sequer enxergar o rosto dele.

"Sra. Holley, temos provas de que Darby esteve na edícula. Tudo me leva a crer que ele foi morto lá dentro e o corpo foi removido para a ilha. Creio ainda que hoje à tarde Donnelly conspirou com você para retirar da casa o objeto, ou objetos, que talvez pudesse incriminá-la."

"Não", protestou Lucia. "Não fiz nada disso."

"Solicitei um mandado, sra. Holley..."

"Um mandado? Para... mim?"

"Seria totalmente justificável de minha parte deter você e sua filha para um interrogatório, sra. Holley. Vocês duas estão omitindo informações."

"Minha filha...?"

"Sua filha é muito evasiva, sra. Holley. Ela me contou que Donnelly veio vê-la. E deu a entender que ele estava apaixonado por ela, e que, portanto, buscava a sua aprovação. Mas bastaram algumas perguntas para ficar claro que ela não sabe praticamente nada sobre o homem. Não sabe o primeiro nome dele, não sabe o endereço. 'Não lembra' onde ou quando o conheceu. Depois disse o mesmo de Darby. Disse que, se ele apareceu por aqui em algum momento... Ela não admitiu que ele veio... Mas disse que, se veio, foi para vê-la." Ele fez uma pausa. "Há quanto tempo a senhora conhece o Donnelly?"

"Ah, não muito. Ele... Ele não passa de um conhecido."

"E como vocês se conheceram, sra. Holley?"

"Se me lembro bem, foi um corretor de seguros que nos apresentou."

"Você sabe com o que o Donnelly trabalha, sra. Holley?"

"Não", disse ela. "Não sei."

"Ele já foi preso cinco vezes, por contrabando de bebidas alcóolicas e comércio ilegal de rum durante a proibição. No momento, o Gabinete de Administração de Preços está de olho nele. Indícios sugerem que ele ainda atua em esquemas de contrabando, de carne no caso."

"Mas ele nunca fez nada... criminoso de fato, fez? Digo, roubo ou...?"

"Sra. Holley", disse Levy, "sua postura me surpreende. Se você não considera contrabando em plena guerra uma ofensa criminosa..."

"Eu considero, sim!", corrigiu-se ela, de pronto. "Claro que considero!"

"Sra. Holley, preciso perguntar... O que você e Donnelly retiraram da edícula hoje à tarde?"

Ela estava paralisada, sentada ali na sala. Não percebeu que estava segurando a respiração até ofegar de repente.

"Um motor", disse ela. "Um motor de popa."

"Foi o que a sua filha disse. Quando perguntei onde você estava, ela disse que você deu uma carona para o Donnelly até a estação, e que levaram um motor de popa com vocês. Tomei a liberdade de inspecionar a edícula, e o motor ainda está lá."

"Havia dois motores."

"O proprietário da casa deixou algum inventário com você, listando os itens da edícula e do píer, sra. Holley?"

"Deixou... Acho que deixou. Só não lembro onde guardei. Posso procurar, claro... Mais tarde..."

"Por que você colocou o motor em um baú, sra. Holley?"

"Ah, mania... Eu sempre encaixoto tudo..."

É o fim, disse a si mesma. É como se uma corda estivesse esticada ao máximo, prestes a arrebentar.

"Para onde você levou esse baú, sra. Holley?"

"Pretendíamos levá-lo para um estaleiro, mas acabou a gasolina e voltei para casa de trem."

"E onde você deixou o Donnelly?"

"Em uma estradinha mais afastada."

"Que estradinha?"

"Não sei ao certo."

"Em que estação você pegou o trem?"

"Era… West Whitehills, se não me engano."

"Quando o Donnelly vai devolver seu carro, sra. Holley?"

"Ah, imagino que muito em breve."

"Preciso questioná-lo, sra. Holley. Pode me passar o endereço dele, por favor?"

"Não tenho."

"Como a senhora se comunica com o Donnelly?"

"Bem, não me comunico com ele."

"Algum membro da sua família tem o endereço dele?"

"Não. Sinto muito."

"Sra. Holley, creio que você e o Donnelly adulteraram provas relacionadas à morte de Darby, removendo-as da cena do crime."

"Não, não! Não fizemos nada do tipo, posso jurar."

A corda se estica mais ainda, mas nada acontece, não arrebenta. Também não esgana.

"Não engulo essa história do motor, sra. Holley. Você não deu nenhuma justificativa satisfatória para a descoberta da lista de mercado junto ao corpo de Darby. E nem você nem sua filha ofereceram explicações plausíveis para a presença de Darby na edícula. Peço que venha comigo para a delegacia."

"Certo, mas… quando?"

"Imediatamente."

"Mas é quase hora do jantar!"

"Sinto muito."

"Mas... A que horas eu estaria de volta? Digo, a que horas peço para a Sibyl servir o jantar?"

"Não sei, sra. Holley."

"Em uma hora?"

"Acho melhor não contar com isso, sra. Holley."

"Quer dizer...? Não vão... me manter detida, vão?"

"É uma possibilidade, sra. Holley."

"Quer dizer que... vão me prender?"

"O delegado talvez considere a possibilidade de mantê-la na delegacia, para dar continuidade ao interrogatório."

"Eu, detida? Na cadeia?"

"É uma possibilidade, sra. Holley."

"Não posso", disse ela, sem rodeios. "Não posso sair de casa assim e ir para a cadeia. Você não entende... Tenho que cuidar dos meus filhos, do meu pai... Não sei se você sabe, mas meu marido está no Pacífico, na Marinha."

"Sim, sim. Eu já sabia disso, sra. Holley."

"Então! Você não entende? Não vê como seria para eles? Não *posso*... Não consegue entender? Eles não costumam sentar para jantar por conta própria..."

Ela se levantou e juntou as mãos, segurando-se para não agarrá-lo pelas mangas da camisa.

"Por favor!", suplicou. "Você entende de natureza humana... *Sabe* que não matei Ted Darby. Quer mesmo que minha família caia em desgraça? É isso que você quer?"

"Sra. Holley, você conspirou com um criminoso..."

"'Conspirou'?", repetiu ela, olhando-o nos olhos.

"É o termo de praxe", explicou ele, encarando-a de volta, sem desviar o olhar.

Ele acha que somos amantes, disse a si mesma. É o que todo mundo vai achar. A polícia vai descobrir que almoçamos juntos. Vai descobrir tudo.

Mas ninguém sabe de Nagle, e talvez nunca saiba. Se eu contar a verdade sobre Ted Darby, talvez consiga pôr um fim nessa história, de uma vez por todas. Só preciso advertir meu pai antes.

"Tenente Levy", disse ela. "Me dá mais um tempinho, até amanhã de manhã. Eu imploro."

"Não posso, sra. Holley."

"Estou... tão cansada. Não estou raciocinando direito. Se me deixar ter uma boa noite de sono, amanhã eu... Amanhã eu conto tudo para você."

"Tudo o quê, sra. Holley?"

"Tudo sobre Ted Darby", disse ela.

"Você admite estar a par das circunstâncias da morte dele?"

"Por favor", insistiu ela, "me dá até amanhã de manhã. Por favor."

"Impossível, sra. Holley."

"É o único jeito", disse ela.

Não quero que joguem tudo no colo do meu pai de repente, pensou ela. Já vai ser um baque e tanto para ele, por mais que eu meça as palavras. Ele nem sequer sabe que o homem que viu na edícula era o terrível Ted Darby das manchetes. Ele vai...

"Sra. Holley", disse Levy, "acho que você não está entendendo a posição em que se encontra. É muito grave. Você admitiu ter conhecimento do assassinato de Darby..."

"Não foi um assassinato."

"Da morte de Darby. Com a sua admissão, sra. Holley, você está sujeita à prisão."

"Escuta!", exclamou ela, do alto de seu desespero. "Tenente, que tal conversarmos de igual para igual? Você sabe que não sou uma assassina. Eu deveria ter contado a verdade antes, mas tive meus motivos... bons motivos, a meu ver. Vou contar tudo amanhã de manhã. Pode ser cedinho, à hora que quiser."

"Por que não agora?"

"Preciso de uma boa noite de sono. É que... de verdade, estou tão cansada..."

Ele se afastou, as mãos atrás das costas.

"Sra. Holley", disse, depois de uma pausa, "adiarei o restante do inquérito até amanhã, se você trouxer Donnelly aqui hoje à noite."

VINTE

Ela se aproximou da janela e ficou abalada com a vista do mundo lá fora, tudo banhado em uma luz cor de lima, a grama amarelada, coberta de erva daninha, e a folhagem das árvores jovens em um verde translúcido, tremeluzindo estranhamente sob aquela luz insólita.

Ele já está longe agora, disse a si mesma. Está no trem, rumo a Montreal.

Mas ela só conseguia visualizá-lo na estradinha onde o deixara, altivo e elegante, com o braço direito combalido, sem uso. Essa é a barganha, pensou ela. Traí-lo. Trazê-lo aqui e entregá-lo à polícia.

Ela ouviu passos no andar de cima, uma porta se fechando. Meu pai, pensou. Imagino que a Bee também esteja lá em cima. E o David? Já é quase hora do jantar.

"Sra. Holley?"

O tom de Levy era polido e paciente — paciente até demais. É ridículo da parte dele esperar assim, pensou ela, com uma raiva repentina. Ele poderia arrancar respostas de mim quando bem entendesse.

"Não sei o paradeiro do sr. Donnelly", disse ela, impassível.

"Então, sinto muito, mas serei obrigado a levá-la, sra. Holley."

"Você não pode me deixar jantar, pelo menos?"

"Sinto muito, mas não posso."

Ela se virou para encará-lo. A sala estava ficando sombria, deixando-o pálido em contraste com seu cabelo preto.

"Não imaginei que *você* se comportaria assim", disse ela.

Ele não falou nada.

"Por que não procura o sr. Donnelly por conta própria?", indagou ela. "Já que está tão ansioso para vê-lo."

"Eu bem que tentei. A polícia de Nova York não sabe o paradeiro dele no momento. Vão rastreá-lo, claro, mas eu gostaria de vê-lo o quanto antes."

"Você vai prendê-lo, não vai?"

"Quero interrogá-lo, sra. Holley. Se as respostas dele forem satisfatórias, não terá problemas."

Ele já foi preso cinco vezes, pensou Lucia. E nunca conseguiram condená-lo. Ele sabe se cuidar. E não vão perguntar do Nagle. Por que perguntariam? Por ora ninguém pode saber que aconteceu alguma coisa com o Nagle. Tirando isso, ele não está em perigo. O tenente Levy vai se ater a perguntas sobre Ted Darby, e disso ele se livra fácil. Ele deve ter um álibi para aquela noite. Afinal, aqui não estava.

Mas e quanto ao baú? Com certeza, ele já deu um jeito nisso. E ninguém deve saber do Nagle ainda. Impossível. Não. Martin vai dizer o mesmo que eu. Que era um motor. Ele vai dar conta de responder às perguntas do tenente Levy — muito melhor do que eu, inclusive. Ele já foi preso cinco vezes e não conseguiram condená-lo. *Ele* sabe se cuidar.

Ela ouviu a porta da cozinha bater e a voz de David ecoar, alta e calorosa.

"Oi, Sibyl! Tudo certo com o jantar?"

"O tenente Levy está conversando com a sua mãe", respondeu Sibyl, com sua voz afável.

"Opa!", disse David, contente. "O cara é esperto. Aposto que vai solucionar o caso logo, logo! Tem Coca na geladeira, Sibyl?"

"Não, David. Está em falta."

"Ah... Vou fazer um achocolatado com malte, então."

"Não vai perder o apetite, hein!"

"Nunca", disse David.

"Deixa que eu faço para você", disse Sibyl.

Aqueles barulhinhos todos eram muito familiares para Lucia. A cumbuca sendo ajeitada no armário da cozinha, a batedeira de ovos tinindo contra a tigela, parando e retomando a batida. David deve estar sentado na cabeceira da mesa, pensou ela, feliz por estar em casa.

Não posso arruinar a vida do David. Da minha família. *Não vou* sair agora, em plena hora do jantar, para ir até a delegacia. Eu me recuso. Imagine, passar uma noite, talvez várias, por lá. Não vou deixar que comentem — e espalhem por aí — que conspirei com um criminoso...

Eu faria de tudo para impedir que isso acontecesse.

Ele impediria, se estivesse aqui. Saberia responder ao tenente Levy e ao delegado. Saberia como me tirar dessa, se estivesse aqui. Faria disso sua prioridade.

"Sra. Holley, preciso de uma decisão", disse Levy.

A batedeira de ovos tinha parado. Ela ouviu o forno se abrir e fechar.

"Sim, sim...", respondeu, e então saiu da sala, atravessou o *hall* e entrou na cozinha.

"Oi, David, meu querido!", disse. "Sibyl, você pode vir comigo à sala de estar rapidinho, por favor?"

"A Sibyl vai levar uma bronca?", indagou David. "Cuidado, Sibyl!"

Sibyl respondeu com um sorrisinho e acompanhou Lucia até a sala de estar.

"Sibyl", disse Lucia, "você por acaso tem o telefone do sr. Donnelly?"

Sibyl se virou para ela. As duas se entreolharam. Se ela dissesse que não, era obra do destino.

"Claro, senhora."

"Por favor, telefone para ele agora", ordenou Levy. "Diga que a sra. Holley gostaria de recebê-lo hoje à noite, o quanto antes. Não diga nada sobre mim."

"Está bem, senhor", disse Sibyl.

O telefone ficava em uma mesinha no *hall* de entrada, junto à porta da sala de estar. Os dois podiam ouvi-la enquanto ela se sentava e discava. Ela estava cabisbaixa, com uma expressão pesarosa no rosto, embora contida. Deve estar discando o número errado, pensou Lucia. Ela gosta do Martin e sabe que é uma cilada para ele.

"Alô?", disse Sibyl. "Eu gostaria de falar com o sr. Donnelly, por favor... Sabe me dizer se ele volta em breve? Por favor, diga que a Sibyl pediu para ele fazer uma visita ainda hoje, assim que puder. Obrigada, senhor."

"Ele não se encontra, senhora", disse ela, levantando-se. "Mas deixei recado."

"Com quem?", indagou Levy.

"Não sei quem era, senhor."

"Você poderia me passar o número dele, por favor?"

Sibyl ditou um número, e ele anotou em um caderno.

É o número errado, pensou Lucia. Sibyl não faria isso com o Martin.

De qualquer forma, ele já está longe agora. Está no trem, rumo a Montreal. Não vai aparecer por aqui. Ele já foi embora.

"Obrigado", disse Levy, e enfiou a caderneta de volta no bolso. "Até amanhã, sra. Holley. Boa noite!"

"Boa noite!", respondeu Lucia.

Assim que ele deixou a casa e a porta se fechou, Lucia correu para a cozinha, quase sem ar, ansiosa para ouvir o que Sibyl tinha a dizer.

"Sibyl...?"

"Pois não, senhora?"

Elas trocaram olhares. Sibyl mantinha um semblante obscuro, imperscrutável, firme e pesado.

"Sibyl... Você acha que ele vai vir?"

"Eu deixei um recado, senhora."

Deixou mesmo?, pensou Lucia. Ou só fingiu? Você gosta dele. Deixaria mesmo ele vir até aqui, atendendo aos pedidos de um policial?

Ela ficou olhando para Sibyl e não conseguiu perguntar a ela.

De qualquer forma, ele já foi embora. Está no trem para Montreal.

"Posso anunciar o jantar, senhora?"

"Pode, sim", disse Lucia.

Ela imaginava que Sibyl gostasse de bater no gongo do *hall*, um nicho com quatro pratos pendentes, amarrados com uma fita de seda vermelha, uma velharia que pertencia à mãe de Lucia. David e Bee adoravam as badaladas quando eram pequenos. Era parte da vida em família, e por isso trouxeram com eles para a casa à beira-mar. Não podia faltar.

O sol poente cintilava, dourado, pelo vitral da porta de entrada, mas o brilho não chegava até Sibyl. Ela estava à sombra, com a pequena baqueta de ponta acolchoada em mãos. Começou pelo sino mais grave, o que mais reverberava, então tocou o último, mais agudo, e repetiu a sequência. As notas ecoaram pela casa. Tiro e queda. O sr. Harper logo saiu de seu quarto, David abriu sua porta, e antes mesmo que chegassem ao *hall*, Bee já estava descendo as escadas também.

Quem dera o Tom estivesse por aqui!, Lucia disse a si mesma, em uma rebelião fervorosa. Quero todos aqui comigo, em segurança. Era um desejo ímpio seu, uma rebelião contra o paraíso, contra a própria vida. Ela sabia disso. Mas estava disposta a tentar, a lutar até o fim, para inverter a maré à sua porta.

Faria de tudo. Podia muito bem se sentar à mesa, podia até comer um pouco. Pois havia estabelecido um limite para a sua provação.

Às nove, disse a si mesma: vou dizer que estou cansada e vou subir. Vou tomar um daqueles comprimidos e cair no sono.

Bee e David estavam "esquisitos", ela logo notou. Estavam extraordinariamente quietos. Reprovavam-na. Que seja. Eles jamais superariam. Seu pai falava, e ela respondia, embalada pela vagueza dele. Ele nunca a reprovava. Se por acaso notasse as movimentações estranhas dela, ou se alguém as apontasse para ele, deixaria para lá. Era a filhinha dele, esposa e mãe irrepreensível, dona de casa sábia e prudente. No máximo, admitiria que talvez faltasse juízo a ela.

Já o marido e os filhos não a julgavam acima de críticas. Ela pertencia a eles. O que quer que fizesse os afetava. O orgulho e o nome deles perante o mundo estavam na palma de suas mãos. Amavam, protegiam e até celebravam sua existência, mas em troca era necessário ser quem eles queriam e precisavam que ela fosse.

Todos se retiraram para a sala de estar depois do jantar. Bee se sentou na escrivaninha para redigir uma carta, David abriu uma revista de ciências e o sr. Harper sugeriu um carteado. Mal passava das oito, mas Lucia não deu conta de respeitar o limite das nove, que ela mesma impusera.

"Pai, se não se importa, vou escrever um pouco para o Tom e então vou me deitar."

"Ótima ideia!", disse ele. "Você tem algo para ler, querida? Estou com um livro da biblioteca, muito divertido. Leitura leve. Sobre uma família, numa paróquia da Inglaterra..."

"Aposto que é ótimo, pai, mas não estou com cabeça para ler nada hoje. Acho que vou direto para a cama. Boa noite, pai. Boa noite, crianças."

David se levantou e deu um beijo na bochecha dela, um beijo sério, mas ao menos ele a aceitava.

"Boa noite, mãe", disse Bee, sem sequer desgrudar os olhos da carta que redigia.

Você é cruel, pensou Lucia. É que é muito, muito mais difícil para você do que para o David. Ele acha que estou fazendo bobagem, que ando rebelde, mas você sente que há algo mais profundo, algo terrível por trás dessa história, e está com medo. Sinto muito...

Ela precisava escrever a carta rápido enquanto ainda estava com cabeça. Seu quarto estava sossegado, iluminado apenas pelo abajur. A suave brisa marítima soprava pelas janelas abertas.

Querido Tom.

Algo parecia se mover atrás da cortina.

Querido Tom. O tempo lá fora. Querido Tom. Ah, Tom, *volte à vida!* Volte a ser de verdade. Deixe-me lembrar como você era, deixe-me vê-lo. Deixe-me sentir algo por você. Qualquer coisa. Como pode estar tão longe, a ponto de não parecer mais real?

Mas não havia um pingo de sentimento dentro dela, por ninguém. Estava com pressa para dormir, só isso. Dobrada em um canto da escrivaninha, estava uma velha carta para Tom, que ela não tinha achado boa o bastante para enviar. Ela copiou a carta, quase sem editar. Estava cheia de detalhes domésticos e evocava a memória de um dia que os dois tinham passado juntos na Praia Jones, muito tempo atrás, quando as crianças eram pequenas. Tinha sido um dia especial, um dia feliz, mas já não despertava nenhuma emoção. Os jovens e alegres Tom e Lucia não passavam de bonequinhos radiantes.

Ela endereçou o envelope e o apoiou em um retrato de Tom, onde toda noite ela deixava uma carta. Tinha embrulhado os comprimidos amarelos em um lenço de papel e guardado em uma gaveta de um gabinete. Ela pegou um e tomou com um copo de água. Não sei nem o que é, pensou. Não sei que efeito vai ter.

Contudo, sabia que não lhe faria mal. Não temia nada que vinha dele. Ela se despiu e tomou um banho às pressas, temendo que o sono chegasse de repente. Vai que eu levo um tombo!, pensou. Vai que eu caio no sono em um canto qualquer, e de manhã me encontram no chão! Quanto tempo isso vai durar?, eu me pergunto. Será que vão penar para me acordar amanhã de manhã?

Pensar nisso a deixava aflita, a possibilidade de estar medicada e "esquisita" de manhã. Ainda mais agora, que preciso contar do Ted para o meu pai, pensou ela. Mas nada mais importava. Ela só queria atravessar aquela noite, dormir, desligar. Não tenho por que ficar acordada, pensou. Já não está nas minhas mãos. Deixei a Sibyl dar o recado. Mas ele não vem. Está a caminho de Montreal agora.

Ela se deitou e ali permaneceu, sobre dois travesseiros, a luz ainda acesa. Pegou um livro, mas não era muito bom. Qual é o problema desse comprimido?, pensou ela, impaciente. Por que não está fazendo efeito? Vou dar mais vinte minutos e, se nada acontecer até lá, tomo mais um.

Fechou os olhos, e um rosto começou a se formar diante dela. Ela observava atentamente. Era um rosto familiar, de ossatura marcada. Usava um pincenê e ostentava um sorriso afetado. Quem será?, ponderou ela. Preciso saber. Nossa, é a srta. Priest, minha professora de inglês. Mas alguém não comentou comigo que ela havia morrido? Será que veio me trazer alguma mensagem?

"Srta. Priest?", chamou ela, com certo recato.

Nenhuma resposta. Lucia soltou um suspiro e ajeitou os travesseiros. Esticou as pernas e relaxou. Srta. Priest..., pensou ela, tentando vasculhar a memória. É algo que tem a ver com a escola? Dormir ou não, tanto faz, pensou ela. Só de poder relaxar assim, sem me preocupar, já me dou por satisfeita.

A voz de Sibyl ressoava em seu ouvido.

"Estou dormindo!", disse Lucia, aborrecida. "Deixe-me em paz!"

Era como um assovio. Sssenhora Holley.

"Deixe-me em paz, Sibyl."

"Sra. Holley, ele está lá embaixo. Acho melhor descer, rápido."

Holley. Lá embaixo. Rápido. O assovio persistia.

Sibyl colocou um lenço umedecido frio em sua testa, passou-o pelos seus olhos.

"De novo, não!", disse Lucia.

Ela abriu os olhos e se sentou.

"A senhora precisa se apressar. Ele está lá embaixo."

"Sem condições, Sibyl. Tomei um comprimido. Estava dormindo."

"Eu ajudo, senhora."

Era terrível se sentir daquele jeito, tão plúmbea, tão desorientada. E tão indiferente. Ela se sentou em uma cadeira, para que Sibyl a calçasse e prendesse seu cabelo.

"Que horas são, Sibyl?"

"Quase duas, senhora."

Lucia começou a chorar de leve.

"Só fui dormir depois das nove", comentou. "Não dormi... Não dormi nada."

"A senhora pode voltar a dormir mais tarde."

O corredor pouco iluminado a assustava. Ela se deteve, apavorada, com receio de que alguma daquelas portas fechadas se abrisse. Mas Sibyl pegou sua mão e a conduziu pela escada. Ela desceu devagar, a passos pesados, sem soltar a mão de Sibyl. Passaram pela cozinha escura e saíram pela porta lateral. Lá fora estava um breu.

"Está chovendo!", sussurrou ela.

"É só uma garoinha, senhora", Sibyl sussurrou de volta. "Quanto mais silêncio, melhor, senhora."

Um homem se movia junto à garagem. Lucia pôde ver o brilho de sua capa de chuva, a poucos metros delas.

"Vamos!", sussurrou Sibyl.

Elas apressaram o passo e cruzaram o quintal, rumo à edícula. Sibyl abriu a porta e as duas entraram. O breu era ainda mais intenso lá dentro, e emanava um cheiro frio, rançoso.

"Por aqui, senhora", indicou Sibyl.

Ela abriu uma porta que dava em uma pequena despensa sem janelas. A luz da lâmpada que pendia do teto, sem filtro, era ofuscante. Ali estava ele.

"Muito gentil de sua parte vir aqui me ver", disse ele, em um tom formal.

Não era um sonho, e ela já não se sentia mais plúmbea ou zonza. Ele estava impecável, com seu terno escuro e sua gravata escura, o braço esquerdo em uma tipoia. Não estava turvo agora, mas nítido, cristalino. Era um completo desconhecido para ela, e vê-lo ali deu-lhe um frio na espinha.

Aquela salinha reluzente sem janelas era uma armadilha que ela tinha preparado para ele. E agora ela estava ali fechada com ele. Ela temia aquele encontro, mais do que tudo no mundo.

"Não queria incomodar", disse ele, "mas estou com o braço quebrado."

"Quebrado?", exclamou ela.

"Quebrado", repetiu ele, cerimonioso. "Não fosse por isso, eu teria mandado tudo pelo correio, com uma nota, explicando. Só que, assim, não consigo escrever."

"Você foi ao médico, ver o braço?"

"Depois cuido disso. Preste atenção. Está vendo ali na prateleira?"

"Você não pode andar por aí assim! Deve estar doendo horrores!"

"É só não pensar muito. Não se preocupe. Depois eu cuido. Escute, dê uma olhada na prateleira."

Mas ela não tirou os olhos do rosto dele, que exprimia uma alegria curiosa.

"Veja!", insistiu ele. "As cartas da sua filha, cada uma delas."

Ele tirou um pequeno fardo de envelopes, atado com um elástico, de cima de um escorredor de pratos.

"Agora você não precisa mais se preocupar com isso", disse ele. "Aqui, para você... Não vai ver? São suas joias." Ele abriu um sorrisinho. "Não tão luxuosas quanto eu imaginava."

"Martin...", disse ela.

As comportas estavam cedendo, a grande onda se aproximava, estava prestes a engolfá-la.

"Martin", disse ela, "você está com o braço quebrado. Martin, você precisa sair daqui, rápido."

"Não tem pressa."

"Tem, sim! Tem, sim! Tem um policial..."

"Ele está fazendo a patrulha só. Já vi ele antes, e tomei cuidado para passar despercebido quando bati na janela da cozinha e a Sibyl atendeu."

"Martin... Eu levo você no barco a remo, até a outra ponta da orla. Rápido! Vamos! O investigador da polícia pode aparecer a qualquer momento."

"Ele não vai se incomodar comigo."

"Ele vem justamente atrás de você! Eu levo você no barco a remo. Dou um jeito de tirá-lo daqui."

"A polícia não está atrás de mim."

"Martin! O tenente Levy sabe do recado..."

"Que recado?"

Ele não faz ideia, pensou ela. E se ele descobrir...

"De que recado você está falando?", indagou ele. "Quero a verdade."

Ele a encarava com um olhar atento, estreito, como se estivesse se decidindo. Ela não conseguia falar e não conseguia desviar os olhos dele.

"Você deixou um recado para mim?", insistiu ele. "Dizendo o quê?"

Ele esperou um instante.

"Então é assim que vai ser? Você me entregou."

"Martin...", disse ela.

Ele soltou um longo suspiro.

"Ah, bem...", disse ele. "Era disso que o coitado do Nagle estava falando."

VINTE E UM

Ela não conseguia entender as palavras dele, apenas o tom — um tom sem o menor vestígio de amargura ou reprovação.

"Você não teve escolha", disse ele. "Levy estava em seu encalço, não é?"

"Só falei do Ted Darby", explicou ela. "Ele não sabe de mais nada. Ele acha que removemos alguma coisa... Provas... Do caso do Ted. Ele não sabe de nada. Nada... que possa incriminá-lo. Eu jamais... Você sabe que eu jamais... Jamais diria algo sobre... o outro... Longe de mim!"

"Coitadinha", disse ele. "Você não teve escolha. Era disso que o Nagle estava falando. Uma mulher como você tem sempre que zelar pela família, pelo nome, acima de tudo."

"Não. Eu não disse nada sobre... o outro... Eu nunca entregaria você. Nunca!"

"Claro, acredito em você."

"Não acredita, não. Dá para ver. Você acha que..."

"Escute! Acha que vou esquecer que você me ajudou a tirá-lo daqui, naquele baú? Acha que vou me esquecer da sua coragem, da sua força de espírito, respondendo à menina, ligeira daquele jeito? Você foi boa comigo."

"Não", disse ela. "Não fui."

"Bem, eu me dou por satisfeito", comentou ele, ainda com uma faísca daquela curiosa alegria. "Sente-se, faça o favor. Precisamos acertar umas coisas..."

"Não! Você tem que sair daqui agora, de barco a remo! Não temos mais um segundo a perder."

"Você precisa me escutar. Já estou decidido."

"Você tem que sair daqui!", insistiu ela.

"Vejo que não há cadeiras por aqui", disse ele, olhando ao redor da despensa. "Bem, não vou me estender muito... Ninguém precisa saber que o Nagle estava no baú, ou que o baú virou cinzas. Se perguntarem, diga apenas que não sabe o que eu carregava no baú ou para onde o levei."

"Onde está o Nagle?"

"É melhor você não saber. Ele está longe daqui, e ninguém faz ideia de que esteve na edícula. Só eu e você sabemos, e a Sibyl. Seu carro está na oficina do lado da estação. Mandei um rapaz levar lá. Não há nada que conecte você ao Nagle."

"Mas e *você?* O que vai fazer?"

"Se a polícia está aqui, em meu encalço, então não tenho escapatória."

"Tem, sim! Eu levo você no barco a remo."

"Não", disse ele. "Não tenho escapatória. Eu bem que imaginei, desde o princípio."

"Martin, ainda que o prendam hoje à noite, só vão questioná-lo sobre o Darby. Eles não sabem do Nagle."

Ele sacou um maço de cigarros e chacoalhou-o até cair um em sua mão.

"Você tem fogo?", disse. "É difícil..."

"O que você está esperando?"

"Quero só dar umas tragadas antes...", disse ele, com certo recato. "É o conforto que me resta."

Ela riscou um fósforo e segurou-o para ele.

"Martin", disse ela, "você não está pensando direito. Ainda tem saída! Se eu levar você no barco a remo..."

"Não vou embora de barco com você."

"Você pode pegar a estrada, então. Sibyl e eu montamos guarda. Quando o policial estiver do outro lado da casa, você pode sair."

"Claro, claro!", disse ele, alheio, tragando o cigarro.

"Martin!", gritou ela. "Você está tramando alguma coisa! Alguma bobagem!"

"Uma vida por uma vida", disse ele. "É assim que funciona."

"Não precisa ser assim, a menos que você queira simplesmente desistir. Martin, você não é homem o bastante para lutar pela sua vida?"

"Não dá para lutar contra certas coisas. Carlie e eu fomos amigos por quase vinte anos. Nunca passou pela cabeça dele que eu pudesse fazer aquilo com ele. Ele parecia surpreso, como se..."

"Pare com isso! Não fale assim! Você..." Ela se deteve por um instante, pasma com a expressão no rosto dele, o vazio. "Não seja tolo! Recomponha-se. Você precisa lutar pela sua vida."

"E que vida seria essa, sem nenhum momento de paz, dia e noite? Eu jamais conseguiria dormir, pensando no Carlie..."

"Chega!", bradou ela, furiosa. "Você fez aquilo por mim."

"Por você, por mim, dá no mesmo. Não há mérito nisso."

"Trate de se mexer! Você ainda tem escapatória, se largar mão de ser um tolo."

Ele a fitava com um sorriso estampado no rosto.

"Não me venha com esse sorrisinho! Não tem por que sorrir. *Pelo amor de Deus*, você precisa se recompor e *pensar* um pouco!"

"Está bem", disse ele, de pronto.

"Você vai para Montreal, então?"

"Vou tentar."

"Não fale assim. Não encare as coisas desse jeito. Diga que vai para Montreal."

"Está bem", disse ele.

"Não me convenceu! Você está tramando alguma coisa. Você acha que só porque mandei... só porque deixei aquele recado, que é obra do destino, ou algo assim."

"Não é em destino que eu acredito", disse ele.

Ela ficou em silêncio, em um esforço descomunal para encontrar as palavras certas, para comovê-lo, para despertá-lo.

"Martin", ensaiou ela, "você tem se saído tão bem. Você ateou fogo no baú, você... cuidou de tudo. Não vai desmontar agora, que já passou a pior parte, vai?"

"Não vou", disse ele. "Não se preocupe, querida."

"Martin, não me diga que você... Você não acredita no... no que o Nagle disse, acredita?"

"Não, não acredito."

Ela estava escorada na prateleira do escorredor, apoiada com a mão. Ele pousou a mão dele sobre a dela.

"Adeus", disse ele.

"Martin..."

Mas ele abriu a porta da despensa e se insinuou pela escuridão da sala logo adiante. Ela foi atrás, tateando o nada, perdida no breu. A porta da frente se fechou devagar.

"Sibyl?", chamou ela, bruscamente.

"Pois não, senhora?"

"Precisamos…"

O que precisamos fazer? Ela cruzou a sala e abriu a porta. Estava mais claro lá fora, e ela viu Donnelly percorrendo o quintal às pressas, rumo à estrada. Uma lanterna balançou de um lado para o outro, em semicírculo, e ela se recolheu de volta na edícula.

Logo ecoaria um berro. Logo ecoaria um tiro.

A lanterna balançou de novo, e ela pôde ver, de relance, os arbustos mirrados pelos quais deslizava o feixe de luz. A água batia de leve no píer. A chuva rumorejava.

"Vamos agora, senhora?", disse Sibyl, ao pé do ouvido dela.

Era um terror, passar por aquele espaço aberto, escuro. A lanterna as flagraria, e ficariam paralisadas. Ficariam congeladas.

Era um terror, subir a escada. Uma porta se abriria, uma voz a chamaria.

"Eu ajudo a senhora a voltar para a cama."

"Não, obrigada, Sibyl. Pode deixar. Obrigada."

Seu próprio quarto, iluminado pelo abajur, não era seguro. Alguém poderia bater à porta. Alguém poderia entrar. Ela se despiu às pressas e jogou as roupas molhadas no armário, vestiu o pijama e se deitou.

Ficou imóvel na cama, esperando o tiro ressoar, esperando ouvir o ruído de alguém correndo escada acima.

VINTE E DOIS

Ela acordou sob a penumbra do crepúsculo e olhou o relógio. Eram quatro e meia. É muito cedo ainda, disse a si mesma, e franziu o cenho, preocupada com suas próprias palavras. Como assim "muito cedo"? Algo importante. Ainda é cedo...

Pode vir cedinho amanhã de manhã, era o que ela tinha dito a Levy, e agora era amanhã de manhã. Tenho que falar com meu pai primeiro, pensou ela, mas não precisa ser agora. Posso dormir mais um pouco.

Ela chegou a sonhar com Sibyl. Sibyl morava em um casebre, à beira de um pântano, e o xerife e seus homens estavam chegando para prender o marido dela. E tudo bem, pois ela sabia que era só um sonho. O pântano era um pântano onírico, uma selva de árvores altas e escuras, cobertas de um estranho musgo branco, que farfalhava como papel. O xerife e seus homens estavam acompanhados de cães farejadores e se embrenharam pela selva pantanosa, espirrando água conforme avançavam. Ela já não os via, mas os cães começaram a ladrar, e seu sangue congelou.

Ela ouviu um chiado alto e estridente. Uma bazuca!, pensou. Ah, Tom, cuidado! Agora ela sabia que era Tom quem estava no pântano sombrio, perseguido pelos cães, com a perna quebrada. Tentou correr até ele, mas não conseguia se mexer. Tentou chamá-lo, mas estava com a voz sufocada. Saía um ruído arfante apenas, até que acordou.

A mesma penumbra crepuscular preenchia o quarto, e a casa estava silenciosa. Mas já tinha passado das sete, segundo seu relógio. Tenho que falar com o meu pai, pensou ela, e se levantou. Foi tomada por uma vertigem da cabeça aos pés. Tudo rodava e rodava. Ela caiu de volta na cama, e a cama pairou no ar e passou a rodar também, um giro frenético.

Quando parou, teve medo de se mexer, com receio de que fosse começar de novo. Sentia-se nauseada, exausta, sem forças para levantar a cabeça. Estou sem condições de falar com o meu pai. Não consigo sequer me levantar. Eles vão ter que me deixar quietinha aqui um pouco, até passar.

Alguém bateu à porta. Era Sibyl, entrando com uma bandeja. Ela pousou a bandeja e se aproximou da cama. Ajudou Lucia a se ajeitar sobre os travesseiros e cobriu-a com o lençol até o pescoço.

"Imaginei que a senhora gostaria de um café da manhã."

"Sibyl... Você escutou alguma coisa?"

"Não, senhora."

"Você deu uma olhada nos jornais?"

"Sim, senhora. Não saiu nada."

"Sibyl, eu gostaria de descansar um pouco."

Sibyl lhe serviu uma xícara de café.

"Se puder dizer para eles que estou cansada e gostaria de descansar até a hora do almoço... Se puder pedir para ninguém me incomodar, Sibyl..."

"Vou repassar seu recado", disse Sibyl, sem nenhuma centelha de esperança.

"Você não pode administrar isso para mim?", ordenou Lucia, prestes a chorar.

"Vou repassar o recado, senhora. É o que está a meu alcance", disse Sibyl.

Não havia nada de solidário em sua voz, seu rosto estava completamente inexpressivo. Lágrimas corriam pela face de Lucia enquanto sorvia o café. Sibyl não tem coração, disse a si mesma. Ela poderia dar um jeito para eu ficar aqui sossegada, com um pouco de paz, se quisesse.

O café a fez se sentir melhor. Não, pensou ela, a Sibyl não é insensível assim. Ela é realista. Ela sabe que é preciso fazer certas coisas. Vou ficar aqui deitada até o tenente Levy chegar. Ele pode esperar lá embaixo enquanto converso com meu pai. Ele pode esperar. Assim também aprende.

Ela bebeu duas xícaras de café e acendeu um cigarro. Estranhou o quão amargo estava e logo o apagou. Não estou me sentindo bem mesmo, pensou. Acho que estou prestes a surtar. Mas o que exatamente significava surtar? Tia Agnes teve um ataque de nervos. Várias pessoas têm. Talvez fosse justamente aquilo, a fraqueza e a exaustão física, a recusa da mente em pensar ou sentir. É assim que se sentem os animais enfermos, pensou ela. Quando o *collie* do Tom ficou doente, abanava o rabo sempre que o Tom falava com ele. Imagino que detestasse fazer isso. Perto do fim, mal conseguia abrir os olhos, mexia o rabo uma única vez. Porque sentia que precisava, pelo bem do Tom. Imagino que ele não gostasse que o Tom afagasse sua cabeça e dissesse: "Você é um bom garoto, não é? Não é, Max?

É um bom garoto, não é?". Deve ser enlouquecedor passar por isso à beira da morte.

Ela ficou deitada de olhos fechados e pensou em cachorros, depois em gatos. As pessoas não demandam tanto dos gatos, pensou. Ninguém espera que sorriam, arfem, abanem o rabo e transbordem de alegria toda vez que alguém fala com eles. Não... As pessoas se sentem lisonjeadas quando conseguem fazer um gato ronronar.

E os pássaros... pensou ela. O que faz alguém pensar que uma cotovia vive em êxtase? Acho assustador como os pássaros estão sempre irrequietos e cismados. As pessoas dizem que gatos são ariscos. Acho que "pássaros ariscos" faria muito mais sentido. Se parar para pensar, estão sempre saltitando para lá e para cá, chilreando, atrás de comida... Às vezes até empurram uns aos outros. Já vi fazerem isso. São animais rudes, os pássaros.

Alguém bateu à porta e ela desatou a chorar.

"Entre!", disse ela, enxugando as lágrimas de qualquer jeito com o lençol.

Era David. Ele parou à porta, um rapaz franzino, franzino demais até, vestindo uma calça e uma camisa azul. Não estava sorrindo.

"Ouvi dizer que você não está se sentindo bem", disse ele. "O que você tem?"

"Nada de mais, só estou cansada", disse Lucia.

"Notei que você não tem feito muita coisa ultimamente."

"Todo mundo tem seus dia de cansaço", comentou Lucia, aborrecida com o tom dele. "E, no fim das contas, não tenho mais quinze anos, David."

"Você está com um aspecto esquisito", disse ele. "Acho melhor chamar um médico."

"Não! Não quero saber de médico. Só preciso de um pouco de descanso."

"Bem, acho que você está estranha", disse David.

Ela lutou contra a própria raiva, argumentou consigo mesma. É sempre assim, pensou. Até o Tom fica meio zangado quando adoeço. O que você anda *fazendo* para ficar resfriada assim?

"Vou ficar bem, David. Vou descansar um pouco e acordar outra, você vai ver", disse ela.

"Sabe o que é? Não quero incomodar, mas estou com uma dúvida martelando na cabeça. O que aconteceu com o nosso carro?"

"Está na oficina do lado da estação."

"É bom que esteja mesmo", disse David.

"Estou falando que está."

"Assim espero."

Lucia fechou os olhos para não precisar ver o rosto irritante dele.

"Mãe?", disse ele, e ela não respondeu. "*Mãe?*", insistiu, já em outro tom, em pânico.

"Ah, o que foi agora, David?"

"Bem, quando você fechou os olhos... Achei que talvez tivesse desmaiado, ou algo assim."

Ela se lembrou de quando ele era pequeno, chacoalhando-a pelos ombros, despertando-a de um sono profundo, chamando "Mãe!" no mesmo tom. "O que *foi*, David?", ela havia indagado.

Podia até visualizá-lo, magrelo, em seu pijama listrado, o

cabelo preto bagunçado. "Pensei que você tinha morrido", ele havia dito.

"Desculpa, não queria preocupar você, meu querido", disse ela. "Pode ficar tranquilo. Só preciso descansar um pouco, mesmo. Vou ficar bem."

Ela sorriu e ele relaxou o semblante.

"Se é o que você diz... Quer alguma coisa da cidade, mãe? Um remédio ou alguma outra coisa?"

"Não, obrigada, querido. Pergunta para a Sibyl se ela não quer alguma coisa."

Vai ser terrível para o David, pensou ela, quando a história vir à tona. Ele não só queria que sua mãe fosse convencional e digna de respeito, como praticamente invisível. Tinha se incomodado com um simples passeio de lancha pela manhã, por ser muito cedo para uma mãe. Como ele reagiria quando soubesse o que ela andava fazendo com o barco? E se ficasse sabendo do Donnelly?

Ele já tinha se retirado, tranquilizado, mas a deixara à flor da pele, nervosa. Aquela calmaria vaga havia se dissipado. Daqui a pouco aparece a Bee, pensou ela. Bee ficou assustada ontem. Eu sei como ela se sentiu. Se eu tivesse dezessete anos, e minha mãe saísse de carro com um desconhecido, deixando uma visita para trás, em plena hora do chá, e voltasse horas depois, cheirando a uísque... Seria o fim da picada para mim. E não dei nenhuma satisfação a ela.

Satisfação? *Satisfação?* Mas eu fiz mesmo aquilo? Ajudei a colocar o Nagle no baú?

Ah, o baú é o pior de tudo! De longe. Dirigi o carro e nem por um segundo pensei no baú. Ele estava lá, no baú, e não senti um pingo de pena dele. E se não estivesse morto mesmo?

Meu Deus!

Brotava suor de sua testa. Como posso ter certeza de que ele estava morto... quando o colocamos...?

Alguém bateu à porta.

"Posso entrar, querida?"

"Ah, entre, pai!"

"Está descansando, é?"

"Estou, sim, pai."

"Ótima ideia. Cuidar da casa nesses tempos... é osso. Você precisa descansar de vez em quando."

"É..."

"Só uma coisa, minha querida", disse ele, ao pé da cama. "Não quero atrapalhar seu descanso, mas quero ver você resolver um mistério para mim!"

"Que mistério, pai?"

"Sabe o que é?", disse ele, baixando a voz. "Eu tinha uma garrafa de *scotch* no aparador. Nunca nem abri. E, de repente, desapareceu!"

"Você tem outra garrafa, não tem, pai?"

"Tenho, sim. Uísque não me falta. Mas não é essa a questão, minha querida. Coloquei a garrafa no aparador anteontem mesmo. E sumiu. Achei melhor não perguntar para a Sibyl. Vai que ela é sensível... Não quero que pense que estou acusando ela."

"Ela não esquentaria com isso, pai. Sabe que confiamos nela."

Pior é que foi mesmo a Sibyl quem pegou o uísque, lembrou-se ela. E eu bebi direto do gargalo. E o Nagle...

"É que me ocorreu aqui...", disse ele. "Você acha que a Bee pode ter oferecido bebida para os amiguinhos dela?"

"Ela jamais *encostaria* no seu uísque sem a sua permissão, pai. Nem bebe uísque. Só uma tacinha de xerez, muito de vez em quando. Bee não é assim, pai."

"Não, não. Claro. Não se preocupe. Descanse. Curta um pouco o seu momento. Sem preocupações."

Ele colocou a mão na testa dela.

"Você está com dor de cabeça?", inquiriu ele. "Está sentindo alguma dor, minha querida? Se estiver adoecendo, o melhor a fazer é cortar o mal pela raiz."

Ela levantou o rosto e olhou para ele, para aqueles olhos azuis, firmes, que jamais a fitavam com outro sentimento que não confiança e afeto, e seus próprios olhos se encheram de lágrimas.

"Só estou cansada mesmo", disse ela, com a voz embargada.

"Deixe disso!", disse ele, alarmado. "Não é do seu feitio, minha querida. Nervos..."

Ela forçou um sorriso. Podia sentir o quão engessado tinha saído, mas foi o bastante para contentá-lo.

"Melhor assim!", disse ele. "Vou escrever para o Tom hoje. Vou comentar com ele que você é uma baita de uma capitoa! Não deixa a peteca cair nunca!"

Quando ele saiu, ela se pôs a chorar... Estava com vontade de chorar copiosamente, um choro violento, mas escorriam apenas algumas lágrimas vagarosas pelo seu rosto. Por que a Bee não vem me ver?, pensou. Queria que a Bee viesse aqui.

Ela estava dormindo quando Sibyl subiu com o almoço.

"A Bee está em casa?", perguntou ela.

"Sim, senhora. Ela foi até o centro da cidade com o sr. David, e voltaram com o carro."

"Sibyl... Você não escutou nada?"

"Acabaram de entregar o jornal da tarde, senhora. Está nessa edição..."

"O quê? Pegaram ele?"

"Vou trazer o jornal para a senhora, assim que os três se sentarem para almoçar."

"Conte-me tudo."

"Vou pegar o jornal."

Ela esperou e esperou sem sequer olhar para a bandeja.

"Não vai comer nada, senhora?"

"Não. Deixe-me ver, Sibyl."

ASSASSINO CONFESSA CRIME INSUSPEITO
QUESTIONADO PELO CASO DARBY, HOMEM ADMITE
ASSASSINATO MOTIVADO POR RIXA

Na manhã de hoje, o Departamento de Polícia de Horton obteve um relato sobre a morte acidental de Ted Darby, ocorrida no dia 17, acompanhado pela confissão-surpresa de um assassinato que não era de conhecimento da polícia.

Às três horas da manhã, uma viatura apanhou Martin Donnelly, 42, em sua residência, no Hotel de Vrees, na cidade de Nova York, e o conduziu até a delegacia para um interrogatório a respeito do caso Darby.

DARBY: MORTE ACIDENTAL

Em uma coletiva de imprensa, o tenente Levy, do Departamento de Polícia de Horton, declarou que o relato de Donnelly sobre a morte de Darby condizia com relatórios médicos e outros fatores. Segundo o relato de Donnelly, os dois homens se desentenderam no píer particular de uma das suntuosas propriedades da praia Glendale. Donnelly não soube identificar a propriedade. No decorrer da briga, Donnelly empurrou Darby do píer e retornou a seu carro, onde dormiu até a manhã seguinte. Alarmado com a ausência contínua de Darby, ainda segundo o relator, Donnelly voltou ao píer e deparou com o corpo de Darby empalado em uma âncora, dentro de uma lancha. Ele conduziu o barco até a ilha Simm, a aproximadamente seis quilômetros e meio da costa, e ocultou o cadáver em um charco.

CONFISSÃO-SURPRESA!

"A confissão que sucedeu o relato nos pegou desprevenidos", declarou o tenente Levy, em uma coletiva de imprensa. Donnelly relatou, por livre e espontânea vontade, que, no dia anterior, havia estrangulado e assassinado Anton Karl Nagle, 57. O Departamento de Polícia de Nova York acredita que Donnelly e Nagle participavam juntos de atividades de contrabando.

Seguindo as orientações de Donnelly, a polícia encontrou o corpo de Nagle em um lago...

"Sibyl!", exclamou Lucia.

Mas Sibyl tinha se retirado e ela estava sozinha.

Martin, seu tolo! Você é mesmo um grande tolo! Você não vai conseguir sair dessa. E nem pretende, também. Você queria ser preso. Queria se confessar. Você quer morrer — na cadeira elétrica.

Bem, não vou deixar. Vou contar a verdade sobre Ted Darby ao tenente Levy.

Mas de que adiantaria? Ted Darby não interessa mais. A questão agora é o Nagle. Ele fez aquilo por mim. Martin, seu tolo! Que estupidez, optar por uma morte tenebrosa dessas! Você não confiou em mim. Achou que eu o entregaria. De novo.

Preciso falar com ele. Preciso vê-lo. Mas não posso, nunca. Nunca mais. Não posso...

"O tenente Levy está aqui, senhora", anunciou Sibyl. "Deixo ele subir?"

"Não, não! Aqui em cima, não. Peça para ele esperar. Já vou descer. Não... Peça para o meu pai vir aqui, por favor."

"O sr. Harper deu uma saída, senhora."

Isso já é demais para mim. É demais para mim, pensou Lucia. Ela se levantou e tentou se vestir às pressas, mas estava com as mãos trêmulas, o coração acelerado. Que vestido eu coloco?, pensou, abrindo o armário.

Ela pegou o vestido marrom e pendurou-o de volta. Tirou um vestido limpo de algodão, rosa, mas não parecia adequado. Meu Deus, preciso me apressar! Que vestido eu coloco? Ela tirou mais dois vestidos do armário e estendeu em uma cadeira, e nenhum parecia adequado. Meu Deus, o que eu faço agora? Preciso achar o vestido certo...

Então pegou uma saia cinza de flanela, com metade da barra desfeita. Agora sim. Com as mãos ainda trêmulas, ela abriu seu caótico estojo de costura, com um emaranhado de fios de seda, ombreiras e pedaços de fita. Colocou um fio de seda cinza em uma agulha de cerzir e remendou a barra – um trabalho tão malfeito que deixou a bainha toda enrugada. Ela vestiu a saia e uma blusa branca, e sem se olhar no espelho, por descuido, deixou o quarto e desceu. Podia ouvir a voz da sra. Lloyd de longe, mas não fazia sentido.

Ela se deteve no *hall*, do lado de fora da sala, e lá estava a sra. Lloyd de fato, sentada na beira de uma cadeira, muito elegante. Usava um chapéu alto, preto, com um véu ciclâmen esvoaçante, e naquele instante mesmo tirava uma luva ciclâmen. Mas o tenente Levy não se encontrava.

Ele deve estar na sala de jantar, pensou Lucia, afastando-se da sala de estar quando Bee a chamou.

"Mãe!"

"Sinto muito...", disse Lucia. "Sinto muito, mas preciso ter uma palavrinha com o tenente Levy."

"Ele já foi embora. Mãe, a sra. Lloyd está aqui."

"Eu sei. É que..."

Bee cruzou a sala e pegou a mão da mãe.

"Vem sentar com a gente, mãe."

Era desumano da parte de Bee chamá-la para sentar e conversar com a sra. Lloyd. Ela retrocedeu como uma criança rebelde, mas Bee a puxou para a sala de estar.

"Espero que *eu* não tenha mandado o tenente Levy embora", comentou a sra. Lloyd

"Imagina!", disse Bee. "Ele comentou que não era nada importante. Só deu uma passada para avisar minha mãe que o caso Darby está encerrado."

"Estive em uma reunião com o comitê do hospital", contou a sra. Lloyd, "e só se falava nisso. O tal do Donnelly estava totalmente desesperado. Lutou com a polícia feito tigre, por horas a fio, e tiveram que atirar nele, na perna, para que se entregasse. A sra. Ewing ouviu os tiros."

"Olha, a sra. Ewing está equivocada", disse Bee. "O sr. Donnelly não tentou fugir."

"Ah, esses bandidos sempre confrontam a polícia, sabe como é..."

"O sr. Donnelly não é um bandido", disse Bee. "A gente chegou a conhecê-lo."

"Como assim? Vocês *conheceram* ele?", inquiriu a sra. Lloyd, fascinada.

"Pois é. Todos nós simpatizamos com ele, meu avô, eu, David, minha mãe..."

"E não ficaram horrorizados quando descobriram o que ele fez?"

"Não", disse Bee, levantando-se. Ela se sentou no braço do sofá, ao lado de Lucia, e pousou a mão no ombro da mãe. "Lamentamos muito. Só isso."

Sua mão pesava no ombro da mãe.

"Ele tinha suas virtudes", continuou ela. "Acontece que a guerra faz as pessoas... cometerem atrocidades." Ela estava com a voz ligeiramente trêmula. "Especialmente pessoas de meia-idade."

"Você acha mesmo?", indagou a sra. Lloyd, um pouco surpresa.

"Eu acho!", respondeu Bee, com veemência. "É psicológico. Pessoas de meia-idade costumam se sentir... meio deslocadas. Como se estivesse tudo acabado para elas. Então bate uma vontade de se aventurar..."

Não era Donnelly quem ela estava defendendo, era a mãe. Ela vinha tentando entender o comportamento desconcertante e assustador da mãe, e agora o apresentava como uma insensatez digna de compaixão, o último romance de uma mulher de meia-idade. Lucia olhou para ela de soslaio. As duas se entreolharam.

"Mãe", disse Bee, "sinto muito por você se sentir tão cansada. Imaginei que não fosse incomodá-la."

Ela tinha deixado a sra. Lloyd de lado, aquela mulher tão importante para o seu esquema de vida. Tudo o que queria agora era mostrar para Lucia que ela entendia, que ela a amava.

"Vou tomar conta da casa por um tempo. Assim você pode espairecer um pouco, mãe. Ficar tranquila."

Ficar tranquila...

"Com licença, madames!", disse o sr. Harper. "É que o rapaz da companhia de gás quer dar uma olhada no contrato, Lucia."

"Que contrato, pai?"

"Ele disse que o dono da casa tem um contrato de manutenção. Deve ter deixado com você, minha querida."

"Não me lembro de ver esse contrato, pai."

"Bem...", disse ele, complacente, resignado. "Se você não encontrar o contrato, minha querida, teremos que pagar pelo conserto da geladeira. Vai custar o olho da cara." Ele sorriu para a sra. Lloyd. "Infelizmente, vocês, mulheres, não levam contratos muito a sério", comentou ele.

"Tenho pavor de perder essas coisas", disse a sra. Lloyd.

Essa é a minha vida, pensou Lucia. Tudo o que eu mais temia não vai se concretizar. A vergonha, a desgraça. Não sei se o tenente Levy comprou a versão da história do Martin sobre o Ted Darby, mas, de qualquer forma, resolveu aceitá-la. Não vai acontecer nada comigo.

Essa é a minha vida, a mesma de sempre. Não magoei as crianças, nem o Tom, nem meu pai. Não choquei pessoas como a sra. Lloyd. O moço veio consertar a geladeira, enfim. E assim segue.

E tudo que tinha acontecido com ela seria – haveria de ser – enterrado, e os detalhes da vida cotidiana cairiam feito folhas, até cobri-lo. Não sei muito bem o que aconteceu comigo, pensou ela, admirada. Ainda não parei para pensar.

Talvez nunca pare. Ou, quem sabe, quando eu for mais velha e tiver paz e tempo de sobra...

Sibyl entrou no quarto, com chá e torrada de canela. A manteiga da torrada era margarina, tingida de amarelo. A canela era artificial. Lucia tinha lido o rótulo da latinha com um interesse desproposital, e agora lembrava. Uma imitação de canela. Cinamaldeído. Eugenol. Óleo de cravo e muitos outros ingredientes.

Mas ninguém sabe a diferença, pensou ela. Só eu e a Sibyl.

POSFÁCIO

A ACIDEZ DA MARGARINA

Um detetive trafega à beira das escarpas californianas em seu cupê, joga a bituca de cigarro na estrada, prestes a se embrenhar pelos bastidores da cidade dos sonhos, por becos em que, logo se revelará, prosperam homens corruptos e vícios sórdidos. É o itinerário-padrão da era de ouro *noir*, de Raymond Chandler, Dashiell Hammett e James M. Cain, ficcionistas consagrados na metade do século XX. Em suas histórias, a paisagem urbana é retratada em perspectiva, em camadas que a lei e a moral americana, rasas por natureza, não atravessam.

Elisabeth Sanxay Holding, por sua vez, descortina um cenário ainda mais fundamental na composição dos Estados Unidos modernos: o lar. Uma dona de casa, mãe de família, diligentemente cumpre sua lista de afazeres. Arrumar a cama, preparar o café, pôr a mesa, lavar a louça, tirar as roupas do varal, ocultar um cadáver.

Em *Fachada*, romance de 1949, são as engrenagens domésticas que conduzem a tensão. Lucia Holley há de desempenhar uma multidão de papéis, entre esposa plácida e cuidadora dinâmica, cidadã recatada e vizinha sociável, sem jamais deixar transparecer algum conflito interno ou agência própria. Todos a seu redor dependem dela para saber o que vestir, que horas comer e como agir. Depositam nela suas expectativas e projetam nela suas frustrações. Assim, de pressão em pressão, compõe-se a força motriz da rotina. Basta um passo em falso por parte de Lucia, ou mesmo um respiro, para a casa desmoronar.

A morte de Ted Darby, mais do que uma fatalidade, aqui, é uma ruptura da malha cotidiana, pela lista interminável de afazeres que desencadeia. Entre extorsão e contrabando, Lucia não se vê mais capaz de replicar a coreografia maquinal do dia a dia, e o cerco doméstico vai se fechando. Acionar as autoridades ou mesmo investigar a ocorrência por conta e risco não é uma opção. Lucia não tem tempo de sobra e precisa manter a casa em ordem. Uma coisa ou outra. E, no fim das contas, mais importante do que a lei, são as convenções sociais não ditas: um sobrenome imaculado, convites para os *brunches* do clube, a fotografia idílica que, para o soldado, dá sentido à guerra.

Ao passo que os autores mais famosos do gênero escavam o rastro de destruição urbana, Elisabeth Sanxay Holding expõe a violência internalizada no lar e as fragilidades da família-margarina – isto é, um construto tão sintético quanto a margarina. A estrutura narrativa, entretanto, é análoga: um desencaixe proposital entre ideais bidimensionais e um mundo real intrincado, com profundidade.

O desencaixe entre Lucia Holley e o mundo é quase digno de compadecimento, uma mulher que vive exaurida pelos outros e que, embora flerte com uma vida íntima, representada pela figura de Donnelly, não consegue nunca se desfazer das amarras sociais.

Quase digno de compadecimento. Convém lembrar, durante a leitura, que a perspectiva narrativa é a consciência da própria Lucia, e que uma morte é uma morte, e um contratempo doméstico é um contratempo doméstico.

Na ponta da corda, além de tudo, há uma mulher ainda mais consumida que Lucia: Sybil, a empregada, mulher negra. O pé no chão, a mão na massa, tudo o que Lucia não comporta, ela relega a Sybil. E da mesma forma que a família não concede a Lucia o direito à individualidade, Lucia só enxerga Sybil em função do lar, sem contornos próprios. É Sybil o verdadeiro pilar de sustentação da casa — casa esta que não é, nem nunca será, dela por direito. Uma dinâmica perversa que, setenta anos após a publicação da obra, ainda serve de alicerce a um ideal de nação, apenas com novas camadas de verniz.

A linguagem é também um artifício e talvez seja a principal *fachada* desse desenho arquitetônico (aqui eu me denuncio enquanto tradutora).

Por via de regra, o *noir* se constrói sobre um senso de objetividade: uma compressão descritiva, sem adjetivações explícitas. Não se diz "na lata" que Fulana tem um comportamento estranho ou que Sicrano é suspeito. Todavia, o texto não existe em um vácuo e conta com o repertório compartilhado do leitor para avançar no jogo narrativo e, quem sabe, desvendar algum crime, algum mistério.

Um chapéu *cloche* de feltro, uma bandeja pintada à mão e uma saia de barra desfeita são pistas. Acontece que as pistas, em *Fachada*, não compõem um exercício lógico, investigativo. São indicativos, na perspectiva de Lucia, de que a ordem social segue intacta. O jogo, no caso, é desprender-se da consciência dela e dos pactos sociais que ela firma, ou que usa para se justificar. Se não tomar cuidado, o leitor corre o risco de se incriminar junto por uma visão torpe de mundo.

Escritora prolífera, Elisabeth Sanxay Holding iniciou a carreira com histórias românticas e migrou para o suspense após a Quebra da Bolsa de Nova York, em 1929, durante a Grande Depressão, a maior crise financeira da história dos Estados Unidos. *Fachada* figura em uma antologia compilada por Alfred Hitchcock, com suas histórias favoritas do gênero, e já foi adaptada duas vezes para o cinema, a primeira como *Na teia do destino* (Max Ophüls, 1949), com Joan Bennett no papel de Lucia, e mais recentemente como *Até o fim* (Scott McGehee, David Siegel, 2001), protagonizado por Tilda Swinton.

Ainda em vida, Holding alcançou o sucesso de público e crítica, e o próprio Raymond Chandler chegou a descrevê-la como um ás do *thriller*. Contudo, no decorrer dos anos cinquenta, à sombra de uma ordem ultraconservadora, de repressão e censura nos Estados Unidos, a autora caiu em esquecimento.

Que esta edição sirva como resgate de sua obra, e como lembrete de que a acidez *noir* começa em casa.

STEPHANIE FERNANDES

FONTES
Fakt e Heldane Text

PAPEL
Avena

IMPRESSÃO
Lis gráfica